U0554231

苏枕书 著

人民文学出版社

无量寺之虎

图书在版编目（CIP）数据

无量寺之虎 / 苏枕书著 .—北京：人民文学出版社，2023
ISBN 978-7-02-018074-5

Ⅰ.①无… Ⅱ.①苏… Ⅲ.①散文集—中国—当代 Ⅳ.① I267

中国国家版本馆 CIP 数据核字（2023）第 119912 号

责任编辑　曾雪梅　陈　悦
装帧设计　李思安
责任印制　张　娜

出版发行　人民文学出版社
社　　址　北京市朝内大街166号
邮政编码　100705

印　　刷　北京盛通印刷股份有限公司
经　　销　全国新华书店等

字　　数　154千字
开　　本　880毫米×1230毫米　1/32
印　　张　8.625　插页5
印　　数　1—6000
版　　次　2023年8月北京第1版
印　　次　2023年8月第1次印刷

书　　号　978-7-02-018074-5
定　　价　58.00元

如有印装质量问题，请与本社图书销售中心调换。电话：010-65233595

·目录·

无量寺是寺庙的名字，在日本和歌山县的最南端，也是本州岛最南的岬角。背靠纪伊山地，朝向太平洋。1400万年前火山喷发，造就许多奇石巨岩，连绵入海。天之涯，地之角，合该有这样的荒凉奇崛。两百多年前，32岁的画家长泽芦雪奉老师圆山应举之命，自京都启程，跋涉至此，留下了著名的《龙虎图襖》。

自室町时代晚期，日本的画家们经常以虎入画。然而一万年以来，日本并没有老虎。更新世末期，海平面上升，日本列岛与大陆的连接断绝，虎在日本消失。因为酸性土质和湿润气候，连完整的骨架也没有留下，只在考古中发掘出一些残破的化石碎屑。

之后与虎有关的痕迹，就是《日本书纪》里所记的故事：钦明天皇六年（545），派遣使者出使百济，同行孩童为虎所食，于是使臣找到虎，并猎杀之，将虎皮带回日本。

再后来，是平安时代早期的宽平二年（890），新罗向宇多天皇献上两只幼虎——据说天皇很喜欢猫。当时著名的宫廷画师还画下了老虎，但这幅画早已不知所踪。传说画师没有画虎的眼睛，因为神乎其技的画功，已经让画中的虎有了魂魄，点上眼睛便要破图而出。

丰臣秀吉侵略朝鲜时，曾经得到活虎，并运回日本，用车装载，在京都街市中巡游。不知道当时的京都人，是怀着怎样的惊奇与敬畏去围观这只传说中的猛兽，想必也是万人空巷的盛景。

于日本而言，绝大多数时候，虎都是一种想象中的动物。画师们只能从大陆传来的图案中揣摩虎的真实模样，辅以海船带回的虎骨、皮毛、爪牙。至于神情姿态，往往要从猫儿身上借来。以至于很多有名的虎画中，老虎长着家猫的竖瞳，气质中也隐隐显出猫的柔软娇嗔。甚至干脆如禅师仙厓义梵一般，以猫当虎，以虎当猫，浑然无谓，无执着、无挂碍。

其中的流变与趣味，与狮子形象在中国的流传正相互映照。中国本无狮子，自从佛教西来，狮子成为一种与信仰关联甚深的瑞兽，狮子形象频繁表现于绘画和雕塑。历朝偶有西域或南海入贡狮子，宫廷画师得以摹写，便可留下少数写实的作品。但入贡珍兽本就罕见，亲眼看过狮子的人更少。更多的画工匠人转抄描摹，往往只能依常见的动物形象推演，于是中国狮子造型渐渐趋于艺术夸张，演变为雌雄都长着螺旋状的鬣毛，胸戴璎珞，既威武又憨态可掬的模样。海外的狮子，便这样成了中国的狮子。

2022年夏天，我和枕书去奈良游玩，又见到了一只虎。

正是烈日灼人的中午，从飞鸟站出来，步行一公里，在令人头晕目眩的蝉声中走到公园深处，才见到高松冢古坟的遗址。

1972年，日本考古学家发掘这处古坟，发现了引人瞩目的彩色壁画。壁画中除了著名的"飞鸟美人"，还有象征四方的四神之像。

其中的白虎周身云气萦绕，肋下生出双翼，身躯伸长且颈项和腰腹蜷曲，更像是龙的姿态。但短而宽的头颅、圆耳阔口，俨然是威风凛凛的虎头。这种写实与夸张参半的样貌，能在朝鲜半岛的同时代古坟壁画中找到对应。

古坟的主人是什么身份，学者们仍未确定。或许是日本的皇子、大臣，或许是来自朝鲜半岛的百济或高句丽的王族。如果是前者，便是对异邦文明的向往；如果是后者，则是对故土的追怀。总之，图案与信仰在千余年前跨山渡海而来，安置了一个人关于往生或来世的想象。

飞鸟时代正是朝鲜半岛与日本交流密切之时。陶器制作、农耕技术、建筑工艺、墓葬形制、养蚕、纺织、美术、汉字、典章、佛教……以半岛为中介，无论是原生的，还是接纳并改造过的，东亚大陆的滋养源源不断传入，使列岛的文明和国家形态陡然成熟。

在离高松冢不远的奈良飞鸟寺，在飞鸟大佛两侧佛龛下的木板上，我们还看到了一些名字：镂盘师将德自昧淳、寺师丈罗末大、文贾古子、瓦师麻那文奴、书人百加博士。都是建造飞鸟寺时留下的记录。

大约在 6 世纪，这些人从朝鲜半岛的百济国出发，乘船渡海，来此建造佛寺。他们依照着百济的建筑样式、布局、大佛的造像风格，乃至瓦当的花卉图案，在奈良重建了一座故乡样貌的庙宇。

兴建寺庙的贵族希望获得佛祖庇佑，后来自然湮没于历史的旋涡。1196 年，飞鸟寺被雷电击中，宝塔和金堂皆不存，今天只余柱础、瓦片等零星残迹。祈求不朽的，和许诺不朽的，都归于尘土。反倒是百济工匠的名字借着汉字流传至今。

长泽芦雪在无量寺画虎，去时是冬天，返京已入春。我们无从得知，在那个冬天的许多日夜里，他在佛殿中如何放飞对虎的想象。在那之前，他是名师圆山应举的学生，小心翼翼地模仿老师的风格和技法。而在这个冬天之后，他成了大胆奔放的"奇想派画家"长泽芦雪。

在无量寺和和歌山的其他寺庙，长泽芦雪留下了许多作品，但最让人感到新奇、震撼又回味不尽的，无疑是《龙虎图襖》上的这只老虎。

它的身躯横贯三道襖障子，如虹般高高拱起，一只前爪按落在地，吊睛怒目，须髭戟张，几欲扑人。然而细看之下，神情中又似有几分猫的柔媚与顽皮。在宗教、艺术和文化的意象中，它与遥远的半岛和大陆，乃至更遥远的国度血脉相连，不可断绝。但换了别的地点、文化或执笔之人，恐怕又绝无可能诞生这样一只老虎。

长泽芦雪在无量寺留下那只虎后，虽然有名，但一直未被视作一流。一直到 20 世纪 60 年代，才引起日本艺术界的重视。又二十年之后，无量寺的老虎在欧洲展出，引起轰动，长泽芦雪一跃成为代表日本艺术的画家之一。

无量寺之虎的由来，经常被描述成一个关于远行和解放的故事，画家在艰难跋涉抵达异乡之后，忽地顿悟，找到或者完成了自我。这样的故事总是在不同的语境中被不断叙述。虎作为一个文化与艺术的形象，从大陆到列岛的流变如是；几千年来乘船浮海的人中，想必也有许多命运如是。

　　而《无量寺之虎》这本书的缘由与灵魂，我想也在于此。书中有对故乡、旧事的追怀，对异国生活的记录，以及探寻那些同样在异邦或异乡的远行者——托钵乞食为生的良宽，书写中国故事的井上靖，去往欧洲、要与"日本人身份切割"的高桥和子和她的丈夫高桥和巳。读者诸君会在后面一一与他们邂逅，和他们、和作者一起，穿过山道和大雪，寻觅传说中的老虎，抵达天涯海角的无量寺。

　　正所谓，太平洋上潮信来，今日方知我是我。

上篇

却顾来时路

眷眷客心

　　小时候随母亲远行，坐过长江与黄海的客船。江船是申通班[1]客轮，上午自南通码头出发，下午便抵上海；回程是夜里自沪起航，凌晨四五点抵通。外祖父那时住在南通城西，会送我们去码头，也会在清晨早早到码头接我们回家。据母亲说，年轻时在苏州读书，外祖父也是这样接送她。黄海的客船是为去青岛，父亲曾带我们去旅行。不知是梦境还是残留在儿童记忆里的真实片段，总记得船内一扇小小的玻璃圆窗，一道颤动的波浪线，一半是灰色大海，一半是海面上的世界。船腹中的我身处海当中，稍微一想，即令我感到茫然又深刻的恐怖，不敢多看那道起伏的线条。

　　从前故乡没有火车，去江南的大桥尚未建成，出远门先要起早自海门渡口搭船，对面是太仓，因而这段轮渡叫"海太汽渡"。接近入海口的江面宽阔浑浊，行至江心，船身摇荡，茫茫不见两岸。大人们游兴浓郁，往往要叫我登高远眺。勉强爬上船舱高处，江水腥气扑面，垃圾紧贴着船舷，鸟盘旋着，跟船一起过江。暂

―――――――――――――

[1]　申通班，长江区间线渡轮，全程128公里，上海直达南通。见《上海市民万事通》，上海：上海画报出版社，1998。

停于甲板的汽车散发出混杂着呕吐物气息的汽油味道，与之相比，船的柴油味似乎稍微悦人一些，但轮船携带的独特的浓烈尿臊味又涌上来。渐渐地能看到江南灰蒙蒙的岸边，铅笔画出来似的，没有颜色。据说我的祖先是常熟北渡的移民，不知先民们往来于浩渺江上的小船是什么模样。

江南村居与江北大不同，多是素净的白墙乌瓦，符合北人对于江南典雅的想象。江北新建的民居大多覆着鲜艳的彩钢瓦，外墙贴的白瓷砖也拼出花团锦簇的纹样，阳光底下很缤纷，有一种淳朴的俗气。江南似乎不怎么见到这样的装修，流水碧树掩映着旧屋，配色相宜，不格外执着于彩色。就这样一路张望，到了热闹无比的上海站。是为搭火车去北方探亲，那时父亲在北方工作。

母亲一手拖行李，一手牢牢牵住我，穿梭在拥挤闷湿的人群中。车票通常由父亲事先拜托上海的友人买好。那时没有手机，人们提前在座机里约好碰面的地点与时间，接着是漫长焦灼的等待。记忆里这样的旅行总在盛夏，因为暑假正适合远行。车站外有人卖西瓜，淡绿外皮的椭圆大瓜，长刀先剖对半，清脆的崩裂声，溢出清甜汁水，对切，再对切，重复多次，成了月牙般美丽的薄片。我尽量克制对西瓜的渴望，但儿童的眼神很快被瓜摊生意人识破，那人用上海腔的普通话笑着搭讪："小妹妹，喊你妈妈给你买一块呀！"我急忙转头不理，清贫的母亲也匆忙小声安慰我："那个西瓜切得太薄，吃不到几口。"生意人绝不放过戏谑外地人的机会，尽量挑动儿童薄弱的意志与家长脆弱的尊严，提高声音朝我们喊："哎这么热的天气，买块西瓜给小孩吃吃呀！自己不吃么小孩要吃的呀！"

母亲无奈，低声问我，你要吃吗？出于自尊，我当然摇头。

送车票的人还没有顺利找到，母亲茫然徘徊。算起来那时她也只有三十多岁，比现在的我大不出几岁。回想她的心境，忽而意识到在她的庇护下，自己度过了漫长快乐的童年与少年。后来在人群中看到一块高举的纸牌，上头写着母亲的名字，迟疑走近，确实是父亲的友人——尽管此前我们并没有见过面。那青年交接了车票，也大松一口气。他问我们饿不饿，说要请我们吃饭。即便是儿童也察觉出那只是拘谨的客套话，母亲忙说吃过了，不用麻烦。后来那青年为我们买了几瓶矿泉水，又路过西瓜摊，生意人剖了新瓜，切出更薄的弯月。他知道我们的生意做不成，已不理睬我们，找到了新目标。

那趟车在中午出发，似乎只有硬座，要开一天一夜，对我们来说是巨大挑战。我们被登车的人群推来搡去，穿过漫长的通道，来到气味复杂的站台，又被人群推搡上车，找到自己的座位。那时的慢车窗户可以打开，我却不敢靠近窗户，总疑心要被窗外的风吸出去。车开动后，前排乘客甩出窗外的瓜子壳、烟蒂，也常常猝不及防扑进后窗。同行的旅人很快聊起天，要消遣二十多个小时的路途，因此需要尽早熟悉起来。母亲很戒备，这是父亲很早就吩咐过的，在外不要暴露自己的身份，小心财物，小心我被拐走。

许多时候我只是紧紧挨着母亲，默默看窗外掠过的风景。平原碧绿的田畴，偶尔有一排高树，田野当中隆起的一团是矮小的坟茔，边上砌着五彩的小巧的安置骨殖的房屋。天地交界处是模糊混沌的长线。许多车站仿佛保留着几十年前的样子，刷得雪白的站牌上写着漆黑的陌生地名。我尽量不吃东西，希望喝下的水都能由汗腺释出。不知什么时候有的洁癖，火车厕所无疑是最恐怖的地方，触目一定有满溢的排泄物，随着晃荡的车厢与酷暑持续发酵，没有人在意。蹲坑对儿童来说过于宽阔，排出的洞口底下看得见铁轨当中的砂石，会掉下去吗？二十多个小时的长旅，我知道自己逃不过厕所的试炼，只能尽可能减少挑战次数，全身心忍耐。有一个小男孩也不愿去厕所，忍无可忍的时候终于哭了。大人们笑嘻嘻，为他耐心想了各种办法，矿泉水瓶、窗口——男孩总是方便得多。后来他选择了半个掏空的西瓜皮，大人们欢呼，不一会儿，盛满尿液的西瓜皮从窗口飞出去了。

火车停靠的地方大概有蚌埠、德州、济南，我不记得顺序，单记得德州扒鸡。沉重的火车在幽深的站台休憩，卖食物的人刚睡醒似的，忽而从各方围拢上来，隔窗兜售水果与零食。扒鸡是最醒目的存在，油熟肥美的气息飘过来，令人不好意思多看。我与母亲从未买过，似乎同车也很少有人买。众目睽睽之下吃宝贵的扒鸡，是与人分一点好，还是平静独享的好？夜晚是在何处降临，山东境内？也许是的，最后一丝光线从平原边际退去，车内亮起薄暗的灯光，有列车员往来检票，还有得了特许、可以推销杂货的人。《21 世纪的奇迹》《1999 年的转折》，依稀记得有这类写了巨大秘密的可疑小册子。推销的人有一副跑江湖的圆熟腔调，来回在每一节车厢宣讲自己的神奇商品，总有一两个人耐不住煽动而愿意花钱的，一瞬冲动，到手后自然都是平庸之物，那小册里也没有写什么了不起的秘密，大家讪讪笑一会儿，也就过去了。

硬座的夜晚很难挨，大人们只有仰靠椅背或伏在小桌上休息，靠走道的地方没有小桌，只能胡乱歪着。我可以蜷在母亲膝上，度过昏沉动荡的黑夜。车厢连接处的过道也挤着人，有的自己带马扎，或者倚住巨大的行李包。天明后即见到与江淮一带风光迥异的华北平原，无穷的田野、高拔的杨树，似乎有许多玉米地，也能见到牛，一动不动，是永恒的停伫的画面。有时会突然接连出现几片巨大的荷塘，翻卷的荷叶背面闪烁着银光，还有零星的白色莲花，为画面突然注入活气。若半路遇到被洪水冲毁、未及修理的铁桥，还得多等一会儿。火车终于缓缓启动，长叹一声，哀鸣着，不堪重负似的，开得越来越快了。窗外的树枝刺刺扫进来，人们不知身在何处，好像在天涯海角的荒原。无穷尽的旅途，在接近天津站时总算看到一丝希望。等终于闻到北京的气息，仿佛笔直穿越历史长河，身上还裹着浓缩的时间的重量。越来越多的楼房与工厂，马路纵横，人烟稠密，与离开上海站时见到的都市风光又大不同。

父亲早早在北京站等待。我们彼此生疏，因此当中必须隔着母亲。在车站附近吃过饭，仍觉走路摇晃，地面似乎高低起伏。父亲给我们点很多菜，母亲一直说不用了。儿时印象中，母亲比父亲节俭许多。落脚的酒店在五棵松，休息很久才缓过来，地面也恢复了平坦。第二天一早，父亲带我们去各处游玩，故宫、颐和园、圆明园、世界公园。最喜爱颐和园的湖山，观之不尽，还有一条奇异的苏州街。长大后独自去北京，也曾故地重游，殿阁春深，丁香花盛，湖上柔波荡漾，与童年印象大约不差，却觉得游人太拥挤，长廊彩绘不知怎么变得鲜艳而粗糙。

北京不是我们的终点，玩耍了几日，还要继续出发，在北京南站乘火车去父亲工作所在的宣化。那时南站十分破旧，甚至有人在肩上扛一头活羊，左右手分别攥着羊的前后腿，像握一条肥厚的围脖。仿佛老电影的场景，这一幕给我印象太深，多年后见到富丽堂皇的新南站，大觉不可思议。而母亲却说不记得有羊，又是我的想象吗？不过母亲确实也没有对北京留下好印象，那时她对故乡有许多眷恋，也为故乡的教育水平感到骄傲，不愿北上随父亲生活，坚持认为我们应该留在南方。如今我在北京暂安了一处家，母亲偶尔过来，震惊于北京的变化与年轻人生计的艰难，也感慨自己往昔的北京认识，对国都的崇高地位是怎样的轻慢。

北京去张家口的火车大约开四五个小时，因为有父亲在，母亲不再提心吊胆，恢复了平日神采，也不警惕旁人搭话。途中见了许多苍凉的山，轮廓与颜色在我看来多么特别。耳边听到的也是独特的口音，是杏子成熟的季节，邻座有妇人打开花布袋，要给我吃她带的滚圆美丽的甜杏。起初都是矜持地推辞，后来父亲变得极宽容，和气地批准我接受陌生人的馈赠，我反复确认，知道自己可以收下。那柔软甜郁的杏，我从未吃过，沾了满手可爱的香气，轻轻一掰就是两半，很容易剥下完整的杏肉。见我吃了，妇人非常开心，要送我更多，这下我们都要推辞。接下来的谈天便很自然，生性谨慎的父亲也愉快地同人谈起自己的故乡与工作。他十七岁离乡读书，四十岁归乡。我也是十七岁离乡读书，会在何时归乡？命运的奇异巧合，从前完全没有知觉。

那时父亲所在的部门工作很自由，只有一位直系上司。人们都欢迎母亲与我的到来，妇人们在小院的葡萄架下教母亲包饺子。母亲怎么也学不会擀皮的手法，最后只用茶碗在面皮上扣出标准的圆。有时父亲带我们出去旅行，近一些的是草原，稍远的到山西，没有比那更快乐的时候。草原荞麦花绵延无尽，利刀割断羊颈，滚着浮沫的热血涌出来，羊有人一样哀伤的眼睛，断气前的哀哭像老人一般，长长地叹息着。做血肠的壮汉敞着毛茸茸的胸脯，老人追着运煤的巨型卡车捡拾滚落的煤块，云冈石窟的佛像眉眼细长，淡蓝天上团云静寂。一觉醒来，是父亲叫我吃饭，荒村野店似的地方，却总觉得饭菜很好，大家都很满足。

高中时，觉得学习痛苦，给好友写信，提及毕业后的理想，是在离故乡不远的地方读书，之后结婚生子。憧憬江南的生活，南京也好，因为鸭子美味，湖山风景也好，绝没有想过去北方。那时笃信，自己只要考上大学，就会像家里其他姊姊一样，毕业后找平安的工作，也许多读几年书，但三十岁必已做了母亲，远在天边的幸福幻景。

后来读大学，去了离江南很远的地方，又去了更远的他乡，在群山环抱的古都暂住下来。这个地方在世上很有名，美军不曾轰炸，欧美人迷恋的远东温柔乡。外国人的日本印象，除了滚圆红日、精巧寿司，总有艺妓低垂的脖颈，玩具一样的朱红小桥，都是这古都剪影。时间长了，就不喜欢人们对艺妓、舞妓的描画与赞赏，不论她们多么美丽，技艺如何精湛，到底只为取悦男性。她们之于男性（政客或是要人），正是战后日本与美国关系的精确写照。

不过这里的山水仍是原先没有被定义的样子，冬天阴冷，盛夏酷热。登上东面的大文字山，可以看见西面浓淡群山；研究室北窗外，是绵延层叠的北山，夕暮时如染金，接近夜晚是水墨。近处有一座小楼，每至黄昏，楼顶天台总有两个女孩子练习舞蹈，十分快活的样子，完全不知自己在群山背景中似的；若登上岚山附近的千光寺大悲阁，则可望见东面山脊。总在此岸与彼岸之间观照。

他乡也是故乡的对照，若不去他乡，也不容易认识故乡。天气、草木、食物、语言、宗教……诸项比对，寻觅来时道路。家人常问，你们那边有这个或那个吗？我便答有，又或没有。又问，你们那边也过这个节日吗？便答不过，又或是名目虽存，但风俗大不相同。

此地人也常问，你的故乡有这个节日吗，有这种食物吗？便细细告诉他们，故乡的节日是如何，饮食是如何，与你们印象中的华国风味、中华料理之类是有何等的差别。"欸——"他们往往拖长音调，难以想象似的感叹着。"中国太大了。"这是他们的解释，"怎么会一样呢？日本从东北到九州，也有诸多不同。"找到了显而易见的答案。

一年中数盂兰盆节最怅惘。

"你的故乡也过盆节吗？"这里的人经常这样问我。便说在我的故乡，盆节叫七月半，过的是旧历，与你们江户时代做法相似，施饿鬼、放河灯。

此地八月上旬起，附近寺庙扫墓的人渐渐多起来，在无尽蝉鸣与秋虫的歌唱里，执了线香与花束，汲了清洗墓碑的桶水。在山道里常能遇见非常老的老人，坐着不太好用的轮椅，被家人艰难地推上山。有小朋友还不熟悉自己家族墓的位置，四下彷徨，询问大人："爷爷、爷爷，我们家的墓地在哪里呀？"

我的友人省吾、一美夫妇在寺院工作，整个八月都要不停准备香客扫墓用的花束。他们年老的父母也来帮忙，整日不停地收拾花材，缚成小小的一束，浸在石台的清水里。当中不可缺的是日本金松，和名高野槙，是松柏目金松科唯一的植物。盂兰盆节的祖先供花里一定要有这种植物，说是自古便有的风习，因为菊形针叶宛如盛开的莲座，这里的人们相信，佛菩萨会降临其上，死亡与祭典贯通了昨与今的记忆。然而我与这一切全然无关，无意中竟与昔日旅居春明的人一样，事无巨细地记录燕京岁时记，那背后藏着记忆里的故乡。

2020 年 8 月 20 日

○ 盂兰盆节必不可少的金松枝

○ 盂兰盆节用的供花

山岳浪漫

　　京都三面环山，东面有东山三十六峰，西面有岚山与西山，北面是绵延纵深的北山与分隔日本海沿岸与太平洋沿岸的丹波高原。早在更新世初期，东山与西山隆起，形成了中间的京都盆地。出市区，一直向南，还有醍醐山与木津山地。流经市内的主要有桂川、宇治川、鸭川这三大河流，在南部地区与木津川汇合成淀川，浩浩荡荡流向大阪湾。若从京都搭乘京阪电车去大阪，电车沿鸭川一路南行，出城时鸭川与桂川合流。随后路过城外的小站"淀"，不久会经行横跨宇治川与木津川的大桥，几条河流在前方的小站"樟叶"附近汇合，之后一路都随淀川往西南方向行去。

　　在市内眺望，很容易看到远方连绵的山脊，晴时色彩妍丽如水彩；雨雪时云雾缭绕如水墨。这些山看起来很温柔，海拔最多不过千米，多是数百米高的小山，不似邻县滋贺境内举目可见早早覆盖积雪、气象威严的伊吹山；更不能与日本阿尔卑斯山脉相提并论，似乎都不值得用"征服"二字。虽说如此，京都的山却不可小觑，因为这里积淀了悠长的历史与传统，海拔高度不是判断其价值的唯一标准——古代僧人的修行，近现代以来许多学

○ 桂川、宇治川、鸭川在南部地区与木津川汇
合成淀川，浩浩荡荡流向大阪湾

○ 鸭川岸边

人（比如京大山岳部的会员们）的探索，京都的山里留下无数前人的足迹。平常散步、访古可以去吉田山、大文字山等城内的小山，如果想稍微找些"登山"的感觉，就得往北边的山里或滋贺境内的比良山脉去。

从出町柳沿高野川北行，往福井县的敦贺方向而去，一路是群山与河流。这条路线古代叫作若狭街道，是"鲭街道"的一条，即连接日本海沿岸的小浜藩[1]与京都市内的运输要道。古代，行脚商人将若狭湾渔民刚捕捞的青花鱼步行运送至京都市内。为了保鲜，鱼事先用盐稍微腌好，据说脚力强健的人，全程需要走一整天，鱼刚好腌渍到最美味的时候。这段路并不好走，沿途不乏凶险的山道，野兽出没，夏季有泥石流，冬季有暴雪，古代行走其间，稍不小心就可能丢掉性命。现在也不能大意，京都北面山区每年都有数十起登山事故。

读研以来，常听前辈们谈起老师们的登山趣味：某某老师上大文字山一个来回只要27分钟；某某老师一直是学校山岳会的健将，登临过海外险峻的雪山。也读到了老师们年轻时留下的登山日志，譬如趁研究班结束匆忙去机场赶海外航班，等车时在旧书店买一册文库本，与队员在山脚会合后成功登顶，又迅速返回，身上分文不剩。那时的我向往无比，也动了登山的念头。搜到本校山岳部的主页，当时似乎有这样一句宣传语：山岳部挑战的山，不同于平常的大文字山（大意）。之所以说"似乎"，是因为现在的主页早已改版，宣传文亲切了不少：

---

[1] 今日本福井县若狭湾沿岸区域。

○ 人们常用"山紫水明"形容京都

许多人都有这样的疑问，山岳部是做什么的？

一言以蔽之，是在山里游玩的社团活动。

那么就会问，山里有什么这么好玩的？

可能会怀疑，行至山中，不过是漫步登山道而已。

但事实并非如此。山里有许多有趣的玩法。还有非常刺激的体验。

攀岩、冬季登山、溯溪、雪山、滑雪、海外登山。

◆

那时刚好结识了一位清华登山社出身的友人，听她讲过自己学生时代的登山训练——背着砖头跑楼梯、负重长跑。也读了她的登山纪行，跟着她的文字领略了险峰的无限风光，憧憬与向往逐渐成为遥望。一向与运动无缘、有过脚踝陈旧伤的我冷静地选择了被山岳社排除在外的"漫步登山道"，在更多有趣但艰难的玩法之前，还是先从大文字山开始吧。

2012年至2015年间，我住在银阁寺附近，离大文字山很近。大文字山标高465米，是东山如意岳的支峰。在京都市内若是不辨方向，即可通过寻找大文字山的醒目"大"字确定东方。穿过银阁寺前商店林立的缓坡，拐入八神社前的小道，路过山脚的京都朝鲜中学，出现一段密林覆盖、沿着山溪的进山小道，尽头就是登山口。大文字山常年有登山客，从幼儿园小朋友到年迈老人，还有不肯走路、被主人抱在怀中的小狗，都可以在山道中遇见。"你好！"打照面时彼此大声行礼。"对不起，借过！"这多半是训练体能的青少年，矫捷地从身侧掠过。大文字山动植物品种丰富，鹿、野猪、蛇都很常见。在"大"字中心怀抱整个京都，是许多人难忘的开阔风景。读硕士时，研究室的大文字山同好们曾结成"穿山甲协会"，隔三差五相伴登山。

只是如今成员或毕业，或离开京都，协会早已名存实亡。

　　搬离银阁寺之后，虽离大文字山也没有多远，但平常去得毕竟少了，更多是去毗邻学校、标高 105 米的吉田山。这实在算不上爬山，只是散步而已。战后，黑泽明有一部叫作《我对青春无悔》[1] 的作品，开篇就是原节子饰演的八木原教授之女幸枝与八木原教授的弟子们去吉田山兜风的情景。学生们哼唱着当时非常流行的校歌《逍遥歌》[2]："花红满山燃，新绿染川岸，都中春色何如，月悬吉田山。"电影以京大泷川事件和佐尔格间谍案为原型，八木原教授对应的是京大刑法学者泷川幸辰，战前因言获罪，被大学开除；幸枝追随的左翼青年野毛是八木原弟子，对应的是佐尔格间谍案中的尾崎秀实。野毛死后，幸枝去野毛的乡下老家投身劳动，以此追寻人生意义，并践行野毛的理想。艰苦的肉体劳动中偶尔回想起年轻时散步吉田山的片段，像脆弱缥缈的梦。不过电影中这段其实并没有在吉田山取景，而是在京都北面的衣笠山、宝池公园拍摄。

　　登山确实是百余年来京都学生热爱的活动，近一些的就是大文字山，稍远的有比叡山，更专业的训练可以去琵琶湖西岸的比良山脉。研究室的老师大多喜爱登山，我们一起去过几趟比叡山。有一回下山时，导师忽对我们说，从现在开始，比谁最先到山脚。语罢自己风一般迅速消失在山林。而我们也回过神，狂奔下山。这种近乎鲁莽的行动，现在大概很少见，算是旧时遗风。"青年们，在山川中强健体魄吧！"

---

[1] 日文名为"わが青春に悔なし"，1946 年上映。

[2] 日本京都旧制第三高等学校寮歌。

　　登山在日本似乎是特别流行的活动，无论是著名的富士山，还是各地错落的群山，都能见到络绎不绝、装备齐全的登山客，平时以老年人居多，休息日年轻人也出动。日本的登山传统是近代之后欧洲传入的风气。19世纪中期以来，欧洲人在阿尔卑斯山地区的登山运动发展极快。1857年，英国伦敦成立了世界最早的登山组织——登山俱乐部[1]。1888年，英国圣公会传教士韦斯顿（Walter Weston）初次来到日本，相继游览飞驒山、木曾山，并于1892年登顶富士山。1894年归国后，他在伦敦出版《日本阿尔卑斯登山与探险》[2]。韦斯顿1861年生于英国德比，曾就读于剑桥大学。他一生来过三次日本，前后在日本度过十余年光阴。1902年，他再次来到日本传教。在他的建议之下，日本登山家小岛乌水等人在1905年成立了山岳会，并于1909年正式命名为日本山岳会，仿照欧洲的《山岳年鉴》（*The Alpine Journal*）刊行会志《山岳》。

　　那是日本登山探险极流行的时期，也是明治政府出于国防目的、广泛勘测国土的时期。电影《剑岳：点之记》（2009）讲述的就是这段时期的故事，"点之记"即测绘中记载大抵点位情况的资料。1906年，日本陆军参谋本部陆地测量部[3]命测量官柴崎芳太郎勘测日本北阿尔卑斯山脉的剑岳[4]，那里自古是山岳信仰的对象，是神圣威严不可接近的存在，当时据说从未有人登顶。电影开篇，接到任务的柴崎在家中向妻子介绍志贺重昂[5]的《日

---

[1] 即"Alpine Club"，日文译写作"山嶽會"。

[2] 英文为 *Mountaineering and Exploration in the Japanese Alps*，1895年出版。

[3] 今日本国土地理院。

[4] 北阿尔卑斯山即飞驒山脉，剑岳海拔2999米，是日本百名山之一。

[5] 志贺重昂（1863—1927），日本地理学家、评论家，提倡国粹主义，著有《日本风景论》。

MOUNTAINEERING AND EXPLORATION

IN

THE JAPANESE ALPS.

BY THE REV. WALTER WESTON,

M.A., F.R.G.S.; MEMBER OF THE ALPINE CLUB,
MEMBER OF THE ALPINE SECTION OF JAPAN; MEMBER OF THE GEOGRAPHICAL SOCIETY
OF TOKYO, JAPAN.

LATE BRITISH CHAPLAIN, KOBE, JAPAN.

WITH MAPS AND 35 ILLUSTRATIONS.

LONDON:
JOHN MURRAY, ALBEMARLE STREET.
1896.

○　《日本阿尔卑斯：山与探险》封面（约翰默
里公司，1896 年）

○　《日本阿尔卑斯：山与探险》前言（约翰默
里公司，1896 年）

本风景论》，强调日本风景之独特与优美，借此唤起普通民众的爱国心。饰演妻子的宫崎葵翻开那册畅销至今的书，到第四章附录的《登山之准备》。1898 年，流亡日本的梁启超曾与志贺重昂进行笔谈，就说自己曾读《日本风景论》及其他地理学各书，相见恨晚，希望借日本之力为光绪复权云云。日后梁启超在《新民丛报》连载《亚洲地理大势论》(1902)，即多参考志贺《地理学》讲义中《亚细亚地理考究之方针》一篇。

《剑岳：点之记》中也有小岛乌水等日本山岳会成员的登场，他们以登山家的身份向剑岳发起挑战，最初对柴崎等人的勘测队有很强的竞争意识，后来折服于柴崎的纯粹与专注。从前看这部电影，只觉节奏平缓，无甚可观。近来重看，才意识到这已属于平成时代水平稳定的佳作，不免唏嘘这些年来日本电影的萧条。

然而东洋史学者内藤湖南却对这种近代兴起的登山运动不甚欣赏。1927 年，日本发起评选日本八景的活动，由《大阪每日新闻》与《东京日日新闻》主办、铁道省协办。内藤为此专门发表了《日本风景观》，当中对近代以来流行的山岳趣味大加批判：

> 最近登山活动成为一种流行，由此盛行将日本的风景冠以"日本阿尔卑斯山""日本莱茵河"一类的名称，似乎与西洋有某种关联，其中很多并非具有艺术眼光，缺乏诗情画意。由于那些对地理学、地貌学的科学知识一知半解的登山家对风景的渲染，兴起了一阵评说风景的风潮，其观点毕竟只是出自外行人的兴趣，并没有艺术的情调。一部分画家受这种新流行的俗趣所感，不是认真思考如何在自己的画中表现风景，而只是将登山家倾心的景色依样画葫芦般地画下来，毫

无意义可言，这样往往最终归于失败，这是在可以说是风景观自古以来未曾有过的堕落。

这些情况的产生即使是出自对西洋的喜爱，但也绝非对西洋艺术家观点的理解，其不过是在西洋的名义下，在我国找出一些类似在照片里看到的山岳、溪谷之类的风景，而美其名曰世界性景色。所谓世界性，只是在日本发现近似于西洋非艺术家的卑俗趣味而已，并非从艺术或非艺术角度去发现在别国看不到而只为日本特有的景色。他们不像广重那样在读书人阶层的兴趣之外去发现对风景的新的认识，或如同芜村那样，运用中国的艺术手法去描绘凭靠自己个性在日本某个地方发现的风景，而只仅仅是沉醉于某个时期成为热点的景色。作为对风景的认识，这些都是最应该排斥的低俗趣味。[1]

内藤批判的低俗趣味是既不了解西洋文化，也不熟悉本土文化所致。近代日本人对登山的狂热当中有近代地理学的发展，有对欧洲文化、习俗的模仿，也有对本土风景的重新发现，以及塑造近代人身心的热望。当然，无论内藤如何批判，都不能影响流行的蔓延。20 世纪 20 年代，庆应、早稻田、明治、学习院等大学均成立山岳部，年轻人们热衷挑战各地山峰。1923 年，京都大学文化人类学者今西锦司成立三高山岳部，后改称京大旅行部。1931 年，今西、桑原武夫等学者决意向海外高山发出挑战，创立京大学士山岳会[2]，第一个目标是喜马拉雅山脉的卡布鲁峰。桑

[1] 见内藤湖南著、刘克申译《日本文化史研究》，商务印书馆，2018 年。
[2] 英文全称为 Academic Alpine Club of Kyoto，简称 AACK。

原武夫曾在一次登山事故中受伤，据说事后跪坐在父亲桑原骘藏面前，被训斥了两个多小时。但正如时代风气有别一般，无论上一代人如何不赞赏登山，桑原武夫这一代人还是锐意发起种种登山的挑战，并将之与学术研究结合。一时京大的登山家学者辈出，风头无两。作为前期准备，会员于1931年冬登顶富士山，1935年登顶长白山，1936年登顶大兴安岭最高峰。京大学士山岳会的活动在"二战"爆发后遂告终止，并于1940年被迫解散。

1952年，京大学士山岳会重组再建。1955年，桑原武夫出版《登山的文化史》，长销至今。1958年，桑原武夫率领山岳会成员首度登顶乔戈里萨Ⅱ峰（7654米），大大地振奋了战后的学术界与文化界。登山与探险成为战后京大的流行风潮，一些学生从高中时就参加京大山岳部，以考入京大为唯一志愿。登山与探险成为学问的象征之一，因为登山与探险需要严密的计划、丰富的知识与充分的协调，也需要直觉、决断与毫不恋战的撤离，这与学术研究的基本方法十分相通。

京大山岳部[1]和山岳会[2]此后展开各种海外登山活动，当然也难免遇到山难，迄今为止最严重的一次是梅里雪山事故。1991年1月初，京大学士山岳会与中国登山协会、云南体育运动委员会组成的联合登山队（42人）共同挑战云南梅里雪山，遭遇雪崩，有17名队员遇难[3]。此后，当时未曾参加登山活动的山

---

[1] 京大山岳部以在读学生为主。

[2] 京大山岳会以京大出身的学者、毕业生为主。

[3] 遇难队员中包括6名中国人，11名日本人。

岳会成员小林尚礼多次前往云南，寻找前辈遗体。经过中日双方多年努力，已有 16 人的遗体被发现。2016 年，小林接受采访："事故过去已 25 年，但我想着说不定还能找到最后一个人，还是每年都会上山搜寻。"

多年前的冬天。同研究室的一位老师联系说，要不要去山里散散步？从周也一起来吧！当时来京都度假的从周很高兴。我们问有没有什么要准备的，老师说没有。"散散步，在山里转转，下山泡泡温泉。"听起来非常轻松。

就这样，我们当真没有做什么准备，穿着普通冬装跟老师出发了。走的是若狭街道线路，途经大原，沿途逐渐出现雪景，安昙川在此发源。京都市区入冬后虽会下雪，但很难堆积，通常隔夜就悄然化尽。而北部山区气候不同，冬天有很长的积雪期。路过皆子山，已到京都与滋贺的交界地带。这是京都府的最高峰，标高 971 米。接下来是比良山脉中的蓬莱山，已行至滋贺大津境内。沿途积雪越来越深，时常穿过隧道，两侧群山高耸，浩浩北行的安昙川穿行其间，河岸偶尔有农田，散落若干民居。我们在一个叫朽木的山脚下来，老师指着面前积雪覆盖的山道说："走吧，开始散步了！"

我们面面相觑，后来才知道这里是本地专业登山爱好者练习的地方，对他们来说确实算"散步"，对普通人而言则是很有难度的"登山"。面对没有台阶的山中雪地，我们不知所措，只好紧紧跟着健步如飞的老师。据说这是他学生时代就喜欢的登山路线，在阴晴雨雪的天气都来过多次。走出一段，看着在雪地里两步一滑三步一摔手脚并用的我们，老师有点意外，再次强调说这的确是"散步"。

○ 行走在京都北部的山中

　　山道不算峻急，有时也会路过圆木树干横向垒出的台阶，越往深处走，积雪越厚，痕迹全无，踩上去一脚一个松软的大雪坑。枯树身上的积雪强调了枝干的线条，格外晶莹可爱。海拔渐高，低矮的灌木渐少，更多是挺立成林的杉柏，像铃木其一《雪中桧图》的情境，箔片般的翠叶上不时簌簌落下雪团。

　　那日，老师的目的地本来是比良连峰最北端、标高 901 米的蛇谷峰。大约行至 600 米高处，寒风渐强，裹挟着碎雪。见我们狼狈不堪的样子，老师才相信，这对我们而言的确不是"散步"。他安慰我们说这次就到这里，可以先休息会儿。随后找到一块平坦的雪地，铺好地垫，卸下身后的大背包，接连不断取出小汽炉、水壶、咖啡、大块牛肉，当下烧火煮水泡咖啡。不久，瑟瑟发抖的我们捧着老师递来的滚热的咖啡杯，忽而领悟到，原来这就是在自然深处的乐趣。在风雪里锻炼身心，磨砺意志，将渺小的自己置于无限的天地间，自然而然会重新思考生命与人世。

　　下山时依然趔趄不断，不过心态轻松许多，也有闲情辨识枯树的种类，听取山谷中清流的激响。抵达山脚，老师果然带我们去泡温泉。在露天温泉的腾腾热气里，看见屏风一般积雪的远山，哦！我们刚刚从那里过来。

　　老师犹有遗憾，因为没有抵达对他而言一点不算挑战的山顶。食髓知味的我们纷纷恳求，下次请您一定再带我们来山里，多带我们"散步"吧！那以后，我陆续添置了进山的设备，还计划买一顶帐篷。每年冬夏两季假期，老师都会问要不要去山里。后来他好像不太跟我们用"散步"这个过于轻松的词语，而说"去山里走走"。我也乖觉地全副武装，带好登山杖和充

○ . 京都的山中多见杉林

足的食物。

朽木一带植物种类非常丰富，当然也有令我惊恐的蛇。有一回遇到一条巨大的菜花蛇，日本叫"青大将"，名字很威武。它悠游于岩石和巨木的根部，老师津津有味地观察，并鼓励我道："你看，它的眼睛其实很温顺，头圆圆的。"我极力克制恐怖情绪。山就是这样的课堂，如果想学到更多，就必须克服成见。后来跟老师去过几次蛇谷峰顶，出于安全的考虑，都不在冬天。在山顶可以俯瞰大半个琵琶湖，令人胸怀大畅。

这些年过去，跟着老师爬过几回山，疲惫而多受束缚的心灵在自然中无数次得到宽慰。固然，我离真正的"登山"依然遥远极了，或许永远只能保持这样的距离，最多只是读一读"山岳文学"，向往无人之境的壮丽与恐怖。而当年那位登山社出身的友人，也早已不再登山，记录登山往事的博客亦早已关闭，无迹可寻。

2020年春天之后，到处人心惶惶，城市变得异常危险。餐馆营业时间缩短、禁止出售酒品，街道入夜后一片阒寂。既然餐馆那么早就关门，也不让喝酒，人们索性网购了酒在家喝。鸭川边、公园里，走几步可以看到新立的告示："请勿在户外聚饮。"可见也有人买了酒到旷野中去。温泉、露营地一概关闭，人们就载着帐篷开着车，在极荒僻的山野里寻觅可以安营扎寨的地方。我也曾随老师和朋友去京都北面的山里露营，在水边平地用石头堆出灶台，用胡萝卜和洋葱煮大块羊肉。野地里开满鸭跖草的碧蓝小花、珠光香青的洁白花簇，还有红白蓼花。蒿草散发着淡淡的香气，芦苇深处一直有雀清脆地唱歌。远处水稻已黄熟，弥漫着香甜的气味。山村里人迹寥寥，树都修剪出整齐的形状，还有一片巨大的牧场。2020 年春成为我们记事的重要分界，之前的岁月那样遥远，之后的一切都要重新纪年。晚饭后，天不知何时突然黑下来，山里渐起了浓雾。月亮藏在厚云里，几乎是一瞬间闻到了露水和草木的气息，流水声极响亮，虫声也起来了。不知生活在此的先民如何度过这神秘幽邃的昏夜之交？

2022 年 1 月 23 日

人群消失在初夏

2020 年 2 月末，暂居故乡旧家的母亲曾以悠闲的态度与我说，家中一切都好，因为不允许聚会访友，难得春节如此逍遥。旧家园中蔬菜丰足，大可自给自足，还有荠菜、苜蓿之类可爱的野菜。"可惜你不在家。"当时我忧愁满怀，说她不问世事。自以为更关心世事的我，终于也在那年春天结束之前彻底疲惫，无力关心任何新闻，订阅的电子刊物每天准时发到邮箱，常常不打开就直接点了删除键。

那年春天真是兵荒马乱，毕业典礼、开学典礼都取消，开学日期也一拖再拖。短暂的慌乱与不适应之后，我很快习惯了在线办公。喜爱长久独处的静寂，尽管抱怨网课、Zoom 等新事物的无休止与烦琐，但在家待着真好，对于恋家且不喜欢与人接触的我而言，这种生活方式可称奢侈。当然，这是因为大学教育目前尚未崩坏，各处大学均努力谋求教学工作的顺利运转，如此学生能完成本来的学业，学校可以正当收取学费，寄食于校园的各色人等还能领工资。这种状态继续下去会有怎样的危机？在前途未卜的煎熬中，除却耐心与艰苦的劳作，也不能有其他更多作为。

　　原本安静的古都变得更加沉寂，不再有游客的踪迹，许多店铺门口都贴着停业或缩短营业时间的告示，开头的句子都一样，"为了防止病毒蔓延范围的扩大"。从银阁寺开来的旅游专线巴士内通常空无一人，普通线路的巴士里也总是没有人，司机兢兢业业到站停车、按时离去。收到居酒屋的外卖广告单，"送餐上门，八折优惠"，但"二人份起预约"；很想支持，可一个人实在凑不出二人份的食物，也就罢了。秩序得以维持，大部分人都以各种形式继续劳动。

　　结束整天的工作之后，通常会到附近山里散步，有机会比从前更仔细地观察植物的变化：蓬蘽结实、杜鹃花谢、春飞蓬老去、流苏树花落如春雪消融、车前子花穗的浅白绿细花如沾在酥糖上的黄豆粉。某日在教学楼窗口望见对面两株巨大的北美鹅掌楸开了郁金香一般端庄美丽的花，树身太高大，路过底下时并未察觉花已开了。忽而有急切地想与它们见面的心情，冲下楼，直奔到树下，四下观望，好在边上一栋楼外部恰好有楼梯，爬上顶端，也只到大树的中部，但终于可以和酒杯状的金红花朵相见。引颈张望，只遗憾不能如飞鸟那般，可以与它们更亲近。

　　校内很久没有园艺师傅来，杂草已成为草坪的主角。柠檬树开花，黄昏香气益浓。花瓣修长，有瓷器一般圆润结实的弧度，背面略染薄玫瑰紫的颜色。杂草丛中星星一般散落着庭石菖精致的六角形小花，花瓣有玫紫色，愈往中心颜色愈深；也有白色，接近花蕊处是紫色，最中心部位都是鹅黄。四处都没有人，经常能遇到猫，它们从容走在道路正中，我小心避在一旁，像遇着贵人那样恭谨。有的贵人格外和善，会喵几声，也会驻足回顾我。

○ 北美鹅掌楸开了郁金香一般端庄美丽的花

○ 校内静静开着的柠檬花，整个黄昏都浸润在香气里

○ 石菖蒲的小花，校内到处都是

○ 雨天的寺院

鸟比平常更热闹，人群消失的初夏，乘着清凉长风，从这座山飞往那一片树林，来来回回，快活极了。

初夏的雨格外悠长，从夜里到天明，风停的时候，雨点落下的声响从房顶传来；若风再起，雨则斜斜打在外墙，墙内眠床上的我听得格外真切。这淙淙的雨声令我全然忘记自己所处的时空，只想在其中多留一阵。寺院也中止了许多聚集人群的活动，僧人们闭户不出，檀家取消了经会，墓园无人到访，友人省吾说是从未有过的清闲，镇日在寺中看山野无边层叠的绿。碗莲缸内已有青蛙藏身，偶尔"咕——啊！"一声，是去年的老友吗？

"这绿意令人观之不尽，想投身其中。"我赞叹。

省吾用僧人一般沉静的语气说："虽不稀奇，时刻都能看到，还是觉得感动。"又忽换回他一贯的轻谑，"等雨停了就得去剪树。虽没客人来，但还是不能怠慢墓园的主人们，天知道他们会怎么抱怨我。"

一日黄昏，趁余晖到吉田山中散步。下山后想去寺院看花，路过山边一座小木屋，那里住着一位来自加拿大的爱尔兰裔男子，他已在此隐居二十余年。我们偶尔遇到，是点头之交的近邻。他养过一只花斑猫，总是闲静地伫于帘后，听说两年前已去世，被他埋在吉田山中的大树下。这日他穿着一贯十分宽松的旧衣裳，随便在头顶拢个发髻，端一杯加冰的梅酒，坐在略显逼仄的石阶旁，远眺被夕光涂抹的东面的山头。山脚屋舍林立，西边落日方向已全然被屋顶与密林遮蔽。我朝夕无数次与东面山头相望，却没有想过在这里坐下来看遍染余晖的山色。

"我很喜欢这夕阳的返照，你要喝杯酒吗？"他问我。我谢绝了酒，但也停下来看山。他挪了一张小凳子给我，我也在石台边坐下。

"有点窄，但没关系。"他道，"像坐在山崖边上。"

他这学期教七门课，全是在线实时讲授："日本学生太害羞，很多不愿意打开摄像头。我看不到他们的脸，也听不到他们的声音，还要不断说话，这种感觉有点奇怪。"

我们随意抱怨了几句网课的麻烦，不过他很快说："但天天在家，我很开心。我最喜欢待在家里，早上起来看山，黄昏看山，夜里也看山。"又为我介绍他的小园子——如果木屋边上不足一平米狭长土地可以叫园子的话。"我喜欢那株树，每到夏天就开很可爱的花。"

"我认识它，许多次路过花下。"是一株海州常山，入夏后枝头缀满粉白淡红的细长花朵，引来许多蜂蝶。

"好像很多人觉得它味道不好闻，日语是叫臭树（クサギ）吧？我却很喜欢。"

"中文也有个名字叫臭梧桐，好像是因为叶子的气味不好。"我说，"但我很爱它的花。"

他知道我不是恭维，很得意地说："这不是我特意种的，是鸟或者风送的种子，某一年突然从石缝里长出来。总有人提醒我小心植物的根毁掉房子，但我爱它们，想和它们住在一起。"

这座小屋前些年已被他买下，因此他需要参加这片区域的町内会，与四邻往来。他的植物被邻居抱怨过有虫子、挡光，今年不得不砍掉了一株大树。他惋惜地抚着树桩尚且新鲜的断面，那也是鸟或风送给他的伙伴。这一带住所离山非常近，常有种子飞来，我狭窄的阳台花盆内曾也自己长出构树苗、橡树苗，更不用

○ 邻居家门前，鸟送来的臭梧桐

说酢浆草、繁缕之类顽强的草本植物。古都的自然环境与都市生活向来有不错的平衡，可以在这里找到书店、博物馆、咖啡馆，走出不远也能遇到农田与山林，我深深喜爱这平衡。如今平衡稍向自然倾斜，我也比从前更向往山野与隐遁。

2020 年 5 月 18 日

夏天的告别

2020 年 7 月末，为了写论文，每日都去书库寻觅资料。各处书库的防虫剂与干燥剂似乎都稍有区别，线装书与卷轴多的书库有明显的白檀与龙脑香气，新书多的地方则基本没有。因为疫病流行，空气里还多了消毒水味道。气味不可捉摸，难以描述，但印象又如此深刻，准确将人带回往昔的岁月。

十余年间，书库发生了不少变化。有些线装书原先随意与近代以来出版的书籍混杂一处，如今都拣出来列入专门书架，并做了函套，重新编目。有些从前可以外借的书籍，因为纸张老化严重，已不可借出，只可在馆内阅览。大学附属图书馆的数字化事业较之从前大有进展，也可以远程访问日本国立国会图书馆的许多资料。从前进书库需要人工登记，如今入口处换了电子闸门，刷卡即可进入。

昔日东京大学处理馆藏汉籍，大多改装为硬皮西洋书装帧，若干册线装合作一大册，仿佛期刊装订，后来多为精通汉籍保管的学者诟病。去东大附属图书馆看书，没少遇到这样的装帧，可能也是那时日本主张"脱亚入欧"的遗迹。

线装书重新装订，原是古来常事，且各地均有自己独特的品位，譬如朝鲜喜欢皮纸封面，以浓墨题写书名；江户时代则喜欢质地坚密的轧花和纸作封面，由中国进口的秘府图书大多换了这样的封面，以示珍重，尽管今日学者常常惋惜原装封面的失去可能带走了一些重要的关于书籍的信息。从前图书馆一般会将精装书外封剥除不用，后来发现有将外封作者信息剪下粘在精装内页的做法，最近看到不少精装书都将外封在精装封面上粘牢，也是重视外封信息的权宜之计。

向来最喜欢在夏冬两个假期长驻书库，潜入几代人苦心积累、熬过战火的无垠书海，堪称至高的幸福与奢侈。不过如今为了防疫，图书馆开馆时间缩短，柜台四处围着阻挡飞沫的透明塑料布，借书、还书都通过机器自助，极力减少人与人的接触。馆内桌椅大多贴着"不可落座，严防聚集"之类的标识语，从前可以八人围坐的大书桌，如今只能对角线坐两人。书库各处也挂着"不可长时间在库内"的提示语，催人速速撤离。因为本市的传染未曾断绝，每日都有若干更新，事实上的入馆人数大不如前。

我度过了漫长的闭户生活，每日虽重复，但并不生厌。一日三餐大率自己做，写论文那一阵，犯懒而不想自己动手，连吃一周便利店的饭团，又觉不能满足，遂在周末午后，去了附近一家叫 Goya 的冲绳菜馆。店主并不是冲绳人，店里前后工作过的青年也没有一位来自冲绳，但店内氛围却是十足的热带风情。架上齐齐摆着冲绳陶器，墙上有大幅琉球美人的油画，窗下风铃叮咚，店里偶尔轻声播放琉球民谣。菜单的海葡萄、炸海鱼、炒苦瓜、冲绳豆腐、泡盛酒，无不属于的热带风情，安抚久居都市的人们对海的渴求。冲绳菜流行到日本本岛，据说是 20 世纪 90 年代的事。

2001 年 NHK 有一部以冲绳为舞台的热播晨间剧《水姑娘》(《ち ゅらさん》)，将冲绳风潮席卷全岛，冲绳菜也随之普及。这家店深受外国人喜欢，店里常有欧美客人，从前人多的时候，若不提前预约，常常没有位子。

店里并非只有冲绳料理，还有冬阴功汤、蜜烤鸡翅、越南米粉等各地美食。店主中川女士表示，自己想开一家"没有国籍"的店，吸收不同文化的饮食，不同文化的人都可以在这里找到慰藉。店名英译是 Asian chample foods goya，chample 是冲绳方言，意为"杂炒、什锦"，正与这家店力求"融合"的主旨相合。

如有朋友来见面，我很喜欢带他们去 Goya，也是因为这里风格多元、比较容易点菜的缘故。有一日碰巧遇到店主中川在，多聊了几句，才知这家店比我想得更年轻，创业于 2008 年，却颇有老店气度。店里从前有一位来自福岛的姐姐，前几年去了熊本的天草，说是喜爱旅行，在离家越远的地方越能找寻自己。还有一位静冈来的男生，几年前回老家开了一间酒吧。问中川近来生意如何，中川说最艰难的时候已经过去，加上扩大了外卖业务，经营已恢复此前水平。近处那家叫"电球"的酒馆也恢复了昔日盛况，店主还胖了些，笑说总算度过春天的危机，现在一切都好。

提到外卖，由于日本的食品安全法对饮食店有严苛的规定，此前很少见到提供外卖的店铺，在保守的京都尤其少见。而今年 3 月以来的特殊情势之下，优步外卖（Uber Eats）终于成功入驻京都，不久，街头经常能见到背着外卖包的送餐员。送餐的工作可以通过在线申请，工资比超市、便利店的稍高一些，可以自由接单也是吸引人的优点。

○ 疫情暴发以来，京都街头多了很多优步外卖送餐员

连日伏案，偶尔会去附近的骨科小诊所按摩。那位女医生的手法不能说很出色，但因为离家近，诊疗室淡淡的薰衣草香气很宜人，又经常与女医生在超市碰面，因此多年来只去这家。按摩是交流信息的好机会，女医生眼下是我居住的区域的町内会会长，父亲已去世，与丈夫和七十多岁病弱的母亲住在一起。她说京都现在的感觉正与十多年前相仿，没有那么多海外游客，真可惜去年那些刚为旅游业建成的酒店与餐馆。最近来她这里最多的是护士，大家都累极了，还不敢轻易上门，担心自己是无症状感染者，再传染给医生。"我肯定说别这么想，快来吧！大家身心俱疲，医疗从业者最辛苦。"问她生意如何，说6月以后便恢复如常。她5月里感伤葵祭的取消，7月里感慨祗园祭的中止，8月里惋惜不能去海边旅行，又同情我一时无法与家人团聚。"你寂寞的时候可以找我喝一杯。"这温柔相邀，我难以拒绝，甘愿接受她不完美的治疗。

写完此文的日子，正是8月16日，京都"五山送火"的夜晚，盂兰盆节的尾声，祖先灵魂短暂驻留后离开的日子，也是往年古都夏季最热闹的时候。为了防止人群聚集，今年的送火节只点亮若干散点。虽然如此，左邻右舍从几天前开始就一直在讨论送火，叹息今年的萧条冷落，又说今年夏天实在太热。

从前的这晚，我总在学校高楼上看远山点亮火把，也曾奔跑至金戒光明寺的山中向四面远眺，在异乡的节日里想念故乡，心中满是震动与惘然。我的家离大文字山不远，走在街中，每一个正对着大文字山的巷口总站满了居民。此刻，大文字零星的火把已点亮，山道聚集的人群的确不如往年，有孩子天真的声音："为什么只点几个呀？"人群不久散去，响起清亮的虫声。忽而刮起秋天的大风，山中草木簌簌，到处都能见到蝉落下来死去的遗骸，是与这半途而废的盛夏告别的时刻了。

2020 年 8 月 16 日

○　2022 年 8 月 16 日，五山送火的"大"字

惜
千
千

　　时序已到了 2021 年，街中的广告语却仍是"2020 东京奥运"的字样，令人恍惚，过去一年是不是遭遇了时间折叠？东京据说已开始了第四次紧急事态宣言——如果说第一次是紧张，第二次是困惑，第三次是苦笑，那么到第四次，就是无所谓了。居酒屋的禁酒令似乎仍在继续，据说近来年轻人罹患痛风的比例大增，因为居家饮酒过度的缘故。自从我有了在酷暑之日通勤的经历，到家后也自然而然走到冰箱跟前，近于无意识地打开一罐冰啤酒。

　　不过，对本地人来说，祇园祭显然比奥运会更重要。这祭典不单是面向游客的盛会，更是本地人维系历史、现实、未来之间联结的重要仪式。一进入 7 月，三条四条之间，寺町通、河原町通的长街中又悬满灯笼，龙笛、钲鼓的曲调像流水一般浸满街市。原本就是为了祛除疫病的祭典，在眼下更有不寻常的意义。虽然祇园祭山车联合会要求"观览自肃"，7 月 14 日晚，还是聚集了七千多人。这固然比不上 2019 年 36 万游客的数字，但远望去，的确是人头攒动的景象，冰淇淋、刨冰店门口排了很长的队伍，到处都是穿浴衣、摇团扇的人，只是多了口罩的新风景。

○ 祇园祭的满街灯笼

○ 射干花，即"桧扇"，可以开很长时间

这几年每到 7 月，本地花店都会卖一种叫"桧扇"的植物，也就是射干花枝。城内店铺橱窗内也随处可见射干插花，据说这是从前祭典上常用作装饰的植物，但翻看江户时代有关祇园祭的绘卷，并未见到射干的影子。射干是鸢尾科鸢尾属的植物，别名乌扇，日文中叫"桧扇"，是因其宝剑般笔挺的青叶状如古代贵族女子手持的桧扇。江户时代博物学家毛利梅园天明七年（1787）六月廿八日曾对自家园中的射干写生，记曰"乌扇""射干"，都是汉名，并未见"桧扇"，或许说明"桧扇"之名诞生较晚。射干的黑色种子在日文中叫"射干玉"，在和歌中是"黑"或"夜"的枕词，也可写作"乌玉""乌羽玉""夜干玉"，倒是历史久远的词汇。射干花与祇园祭的关联，也是最近几年才由京都市政府重新提倡，京都府花商协同工会还推出了包裹有"厄除"字样纸张的射干花枝。

前日在附近的井上花坛买了一束射干花，年轻的店主夫人嘱咐我一定要将花枝放在水里。又笑说，有客人以为这是除厄用的"粽"[1]，把它挂在门上，没几天就枯萎了。射干有橙色六瓣的精致花朵，花枝很耐保存，是非常好的夏季花材，端正凛然又精神抖擞的样子——难怪京都人喜欢，就像喜欢性情暴躁、生命力旺盛的海鳗一样。

江户时代京都诗人中岛棕隐[2]有一部《鸭东四时杂词》，是描写京都花街四时风情的竹枝词。金戒光明寺文殊塔下的石阶旁，

---

[1] 竹叶裹成长条粽形，捆作一小束，其外覆红纸，墨书"苏民将来之子孙也"，悬于门前，自古用于除厄消灾，曰"祇园粽"。

[2] 中岛棕隐（1779—1855），名规，字景宽，号棕隐，日本儒学家，尤长于诗歌。

有一座不甚起眼的儒教式墓碑，写着"文宪中岛先生 清心前川孺人墓"，正是中岛棕隐夫妇之墓。中岛出身儒者之家，少年时沉迷花街，被逐出家门。从前我对他作的艳词很不以为然，近日重新翻看，见到有歌咏祇园祭的，原诗云：

> 画幕猩毡客压栏，千家社会极娱欢。冷炎繁瘵无应异，今日浑成富贵看。

意思虽不大，但注释描绘的江户时代的祇园祭风景却惹人流连：

> 都下神会之盛，莫祇园会若焉。六月七日迎神，十四日送神。仪卫最繁盛。先期四条坊及左右巷上，设山棚、山车、陆船、弄缲，鼓吹喧阗，动魂褫魄，遍街灯烛，炜煌如昼。户户金屏猩毡，轴帘褰幕，张饮尽欢。会日神舆及棚车过门之家，宾客蚁会鳞萃，士女填街溢巷，不啻袂云汗雨。

"山棚""山车"即日文里说的"山鉾"，木结构搭成，顶上高高地耸着木枝、新月之类的装饰，各有名目与传统。入夜点亮，衬着繁华街市与幽蓝天幕，的确是如梦如幻的景象。"会日"即祇园祭当日，如今是 7 月 17 日，山车在四条、御池之间的河原町大道巡游，满街游人欢动。之后山车要拆去，意味着疫病的恶神也就此消散，木骨、装饰等等入库封存，留待下一年重组。江户时代的祇园祭在旧历六月，很喜欢的黑川道祐著《日次纪事》六月十四日条有"祇园会"，也有非常详尽的记述。《鸭东四时杂词》中还有一首歌咏夏季鸭川边纳凉的情致，"恰恰连宵无一雨，绮纨络绎不知还"云云，句子仍不足观，还是注释琳琅可爱，学《东京梦华录》之类的笔记体，忍不住抄录如下：

> 鸭水纳凉之夜游，自六月七日至十四日为最盛矣。相继之晦日，夜夜四条桥南北，凉棚茶店，鳞次栉比。两岸一带皆妓馆，分茶、酒铺、羹店杂错其间。小脚店则有泥鳅、团鱼之羹、红鲟青鳞之鲊、诸色海味、诸色素食、下酒下饭，零碎作料不托、水引、河洛、合羹、胡饼、铗子、牢丸、包子、糖糕、糍糕、诸色糖果，西瓜、甜瓜、林檎、杏、桃、杨梅、诸色水果。琉璃店则鱼缸、葫芦、鼓铛、铁马、灯碗，各色盏碟。杂货则烟管、烟袋、折扇、团篁、梳篦、发朵、香囊、彩胜、水上浮、纸画儿、远视画。凡儿戏之物，泥孩、陶犬、惜千千、颡叫子之类，名件甚伙，不可毕数。伎艺则走索、戴竿、吞刀、弄丸、藏撇、舢丰、傀儡、角觝、口伎、影伎、猱猴猫鼠之戏、演史、学乡谈、说诨话，种种无所不有。竟夜火炬烛天，弦歌鼓吹，嘈嘈鼎沸，欢笑海涌，游者不觉达旦。

"嘈嘈鼎沸，欢笑海涌"的热闹，的确是 2020 年之前祇园祭的情形。而文中名物，如今多半已不可见——如"惜千千"，是《南宋市肆记》中出现过的物品，方以智《通雅》考证曰"转轮戏"，类似陀螺，不知为何这样称呼。莫名想到"滴滴金"，是菊科植物金沸草的异名，花色金黄，细丝花瓣舒展微垂，卷曲的尖端仿佛一粒金沙。据说瓣梢沾着的露水入土即生新根，所以叫这个名字。滴露生根的传说或许不确，但以细小花瓣的露珠命名，是怎样俯身低顾的角度，又或是小小的人藏在花伞底下的视角。北京从前有一种小型手持烟花，日本的线香花火与之颇似，就叫"滴滴金"，点燃后飞散滴滴碎金般的细火，我爱这个名字。

2021 年 7 月 16 日

月出于东山之上

　　远游的人们心中都有难忘的节日与珍味，于我而言最难割舍的是春天的新笋、初夏的枇杷。至于中秋，大概读高中之后，就因学校事多而再没有当成节日庆祝过，对月饼亦无特别的喜好。童年时的中秋夜，祖母与母亲每每在庭中设案拜月，供奉各色果饼，领我焚香祷祝，说来已是非常遥远的事。近年传统节俗不乏隆重精致的复原，我离乡太早，都没有经历过。也不知何时起，人们开始讨伐五仁月饼滋味之劣，我小时候却很喜欢五仁馅儿咯吱咯吱的口感。从前月饼是耐保存的点心，馅儿多油多糖，在饮食不甚丰富的年代显得格外敦实可爱。而今则以鲜肉、云腿，又或更奇巧的皮儿馅儿为佳，这些我也只在广告上见过。

　　经常被家人问起，中秋节有什么安排，你那边也过节么？只好说并无安排，因为不放假。

　　"日本居然不过中秋节。"他们每年都会感慨，就像每每感慨"日本居然不过春节""居然不过清明节"一样。

　　"江户时代的日本也是要赏中秋月的。"我时常加一句无用的解释。当然，在今天日本普通人的记忆中，中秋是与本国传统无

○　在异乡，偶尔也会模仿故乡八月十五夜的食物

甚关联的节日，人们只知中国要放中秋假，韩国要放秋夕假。不过京都一带的寺院、神社还是留下不少赏月的旧俗。比如西郊大觉寺有大泽池乘舟观月会，妙心寺、万福寺有观月茶会，神泉苑、平野神社、八坂神社等处均有观月祭。西行法师《山家集》中有一首歌："秋只在今宵，一夜最知名。虽然在云间，月总是澄明。"我曾去下鸭神社看过"名月管弦祭"，乐者在舞殿内表演种种传统典雅的乐曲，月下高台供奉着白米粉团子与芒草，有些索然无味。秋夜响亮的鸣虫也参与伴奏，四周灯火昏暗，倒添一种静寂。

这澄明的月，照着古今东西的人。文化十四年（1817）中秋夜，长居京都的大阪诗人赖山阳[1]与友人在铜驼桥赏月。"铜驼"由来深远，即陆机《洛阳记》所云："洛阳有铜驼街，汉铸铜驼二枚，在宫南四会道相对。"古代平安京仿中国都城制度，以二条以北至中御门一带左右两京为"铜驼坊"。如今铜驼之名仅存于行政区划最末端，铜驼桥即今日的二条大桥。那晚赖山阳有赏月诗，颇可说明当时京都的中秋光景：

豆荚秋肥芋魁柔，借床河亭酒如油。楼台何处不丝竹，吾曹亦为观月游。

同寓京城今几许，六年无此好中秋。话旧不识夜已午，月满滩心石可数。

——《山阳诗抄》卷二

---

[1] 赖山阳（1781—1832），江户后期汉诗人、历史学家。生于大阪，成年后移居京都，留下大量唱和诗文，著有《日本外史》等。

诗中说到的豆荚与芋头，是过去日本中秋节的时令蔬菜，可见诸各种风俗书籍的记载。比如经常被引用的黑川道祐[1]《日次记事》，八月十五下有"芋明月"条：

> 今夜地下良贱亦赏明月，各煮芋而食之，故俗称芋明月也。干他邦生荚豆汤煮食之，九月十三夜食芋，是皆节物也。然于京师互误之者乎。终夜见月，随意催兴。大井川，或淀川，或近江湖水，各游观。东坡曰，尝闻此宵月，万里同阴晴云。果然否。

由这段记述可知，黑川认为京都八月十五煮芋、九月十三煮毛豆，而外地则相反。他是江户初期生人，活跃于17世纪中期，比赖山阳早了百余年。或许这期间风俗变迁，八月十五夜变得毛豆和芋头都要吃了。再看江户末期有名的风俗书《守贞谩稿》中关于八月十五的记述：

> 三都今夜皆供团子，然京坂与江户大同小异。江户在桌中央高案（名"三方"）上盛团子若干，且花瓶内必以芒草为供。京坂虽似江户同在桌上高案盛团子作供，但团子之形似小芋，有尖端。又干豆粉内加砂糖裹之，或与酱油煮小芋同盛高案，各十二只。闰月之年，寻常盛十三只。

---

[1] 黑川道祐（1623—1691），江户早期医师、历史学家。曾求学林罗山门下，长居京都，著有《本朝医考》《雍州府志》《日次纪事》等。

《守贞谩稿》的作者喜田川守贞生于大阪，青年时代移居江户。其人生平事迹模糊不可考，写作《守贞谩稿》大约从 1837 年开始，延续十余年。他熟悉大阪、京都、江户三地的风俗，并多在文稿中配图说明。此书在江户时代并无刊本行世，仅有稿本，今存国立国会图书馆——据说当年购入馆内花了很大的价钱。1908 年有国学院大学出版部排印本，更名《类聚近世风俗志》，目前的通行本是岩波文库的校订本《近世风俗志》（《守贞谩稿》）。

喜田川守贞为中秋夜配图，小案上的高脚盘内铺和纸，盛着小团子。一边的花瓶内有芒草与鸡冠花，还有一盏小小的油灯。还说了一则江户习俗：如果中秋夜在外面喝酒吃饭，或留宿别家，那么九月十三日也要做同样的事，否则就叫"片月见"，即"半观月"之意，以为不吉。大概是"好事成双"的意思，也给人外出喝酒找了好理由。

赖山阳与友人中秋赏月，还有《看月歌》与《夜归》二首为补充。《看月歌》讲圆月初升之际最美：

> 日已没，月未生。霞光褪尽烟气横。烟沉山黑月渐吐，稍上数尺便发明。
>
> 看月有诀谁能契，妙处全在初出际。团团玉镜高逾磨，南楼北楼尽弦歌。

《夜归》是赏月后的余韵：

> 会散三更归到家，月摇窗竹影横斜。欲眠旋复披衣起，

呼醒山妻对煮茶。

赖山阳有过两任妻子，前妻御园淳子十六岁时嫁给他，两年后离婚，育有一子。诗中的"山妻"是他第二任妻子梨影，当时他们新婚刚两年。

而赖山阳所咏初出之际的明月，在民间信仰中也意味着神圣神秘的力量。折口信夫[1]认为，八月十五满月初升，当中有观音、势至菩萨侍奉的阿弥陀如来降临，民间因有拜月之俗。能乐中有谣曲《三井寺》，讲述了一个与中秋满月有关的故事。说骏河国清见关有一位被拐走了孩子的母亲，为了寻找孩子，她来到京都清水寺，向观音菩萨祈愿。得到托梦，令她去近江的三井寺。其时恰好是中秋夜，三井寺的住持携弟子千满等人在讲堂中庭赏月，遇到了这位因悲伤过度而发狂的女子。月亮升起，女子想要去敲击寺内著名的大钟，住持制止了她。她回答说："撞初夜钟时，响诸行无常；撞后夜钟时，响是生灭法。晨朝钟声生灭灭已，入相响寂灭为乐。"住持命弟子千满询问狂女来历，二人对话，狂女发现千满正是自己失散的儿子。她泪雨涟涟，最后带孩子回到故乡。

这个故事没有出现儿子继续修行、母亲大彻大悟甚至成佛的常见情节，而是全了母亲寻子的世俗之愿，是难得的圆满，无怪深受观众喜爱。如今三井寺境内有观月舞台，下临琵琶湖，四周种满樱树，是赏花赏月的名胜。曾在秋初某个雨日造访，瞻仰了骏河国来的母亲想要敲的大钟，徘徊过金堂前的空地——那是她

---

[1]　折口信夫（1887—1953），日本短歌诗人、国文学者、民俗学者。在民俗学、国文学、艺能史等方面都有开创性的研究。

○ 在吉田山上看秋月

与儿子重逢的地方。

现代社会中，某个节日若不是公休日，不让人们有充分的时间休憩与娱乐，恐怕离被人们遗忘也就不远。明治以后，虽然学者、诗人们没有立刻遗忘中秋，仍在汉诗中屡屡歌咏，但因为换成了西历，"八月十五"的定式逐渐消失了。那么日本为何不将中秋定为法定节日？大约因为9月下旬已有敬老日和秋分节。江户时期的京都，秋分前后各处寺院均有法会，男女拜谒，赠答茶果，与节分时的热闹相同。据说从前都中儿女还喜欢在秋分时节采苍耳子，投掷路上往来妇女的发髻，以此为戏。如今当然见不到这样的恶作剧，城市里连苍耳植株都不能见到，已是京都府的"灭绝种"。我童年时，班上也有男生喜欢往女生头发上抛掷苍耳子，十分可厌——人类的游戏这么相似。

入秋以后，山中遍生芒草、胡枝子、葛花，栗子滚落遍地，零余子、野山枣、野葡萄亦熟了。日常散步吉田山、大文字山，会看到本地人割芒草、捡栗子，非常快活。他们的登山包侧袋内插着摇曳的银色芒花，满目秋意。我也想这么做，不过考虑到秋季花粉症，还是远远欣赏为好。

尽管不执着于吃月饼，但我仍惦记着八月十五夜，东山有美丽的圆月升起，并想象对面琵琶湖上的无际波光。我的故乡没有山，但这一夜河湖里一定倒映着明月。还喜欢《枕草子》中讲中秋月的一段，惆怅又寂静："望着明亮的月亮，怀念远方的人，回想过去的事，无论是烦恼的事，高兴的事，有趣的事，都同现在的事情感觉到，这样的时候是再也没有了。"

2021年9月19日

它们的名字

渴望尽量多地过眼学校书库的藏书，就像渴望认识校园里每一种植物一样。

学校地方不大，在一座叫吉田的小山附近。本部校区之外，临近的几个校区分别是旧教养学部所在地[1]、医学部校区、农学部校区。每个校区都有自己的食堂，学校有一种传说，称食堂越往南越难吃，那么最好吃的便是北部校区，即农学部、理学部所在的地方。这种传说的根由究竟是什么，我不清楚。不过北部校区毗邻清寂的北白川一带，有农学部大片试验田。贯穿校区南北、连接南之今出川通与北之御阴通的大道两旁遍植银杏、水杉、洋槐、山茶等高矮树木，入春后水杉羽毛般美丽的叶片连缀的柔润新绿令人心折，入秋后则是银杏辉煌耀眼的颜色，竟能登上本地秋叶观光名所的排行榜。西侧试验田种植水稻，梅雨时节轻荫里飞起白鹭，蛙声一片，教我想起童年的故乡。在水田里工作的学生们当然非常辛苦，我只是站在了可恶的《观稼图》的视角。东侧试验田都是蔬菜类，隔着围栏，我经常张望里面硕大的茄子与

---

[1] 通称"吉田南校区"。

○　小扇子一般的银杏叶

黄瓜，不知是什么新鲜品种。有时农学部也会将收获的蔬果摆摊售卖，那么也很容易让人联想到这里的食堂或许别有玄机，尽管日本各个学校的食堂都来自全国统一的生协[1]供应。

在我还没有完全吃腻食堂的时候，北部食堂也是我最喜欢去的一家，不仅因为最好吃的传说，还因为那里似乎比其他校区稍稍冷清一些。也许是农学、理学的学生忙到没空吃饭的缘故？不似本部、西部校区食堂总有聚会的年轻学生。就算是刚开学的用餐高峰期，也不需要排很久的队。如果是傍晚，吃完后我总喜欢从食堂北门离开，沿着花木扶疏的小径迤逦北行，走到运动场，继续往北可以到北白川修道院，拐进东向的小路则可以去往北白川疏水道，那也是美丽清静、植物蓊郁的所在，6月中沿岸流萤点点，数量不算多，流水深草中幽光明灭，最惹人爱怜。这里永远不会热闹，只有附近居民偶尔路过，更添宁谧。

农学部有一排巨大的水杉，旁边立着题为"水杉与三木茂博士"的解说牌。水杉（*Metasequoia glyptostroboides*）属杉科植物，出身香川县立农业学校的本校教授三木茂曾在和歌山桥本市等地的黏土层中取出的植物化石中发现新种，并于1941年发表论文，将之命名为亚红杉属（*Metasequoia*）。1946年，中国静生生物调查所所长胡先骕与中央大学森林学系郑万钧在湖北磨刀溪发现植物水杉。之后中国学者发起水杉保存委员会，并组织"川鄂水杉调查团"，由郑万钧带领研究及采集工作。随后，中美两国植

---

[1] 即生活协同组合，日本许多大学都设立了生协，为学生和教职工提供种种消费、生活方面的便利。

○ 校内 5 月如孔雀羽的水杉叶

物学家协作展开水杉研究，并于 1948 年将水杉苗移植至哈佛大学植物园内，供研究、育苗之用。1950 年，美国赠送日本 100 株新培育的水杉苗木，成为今日全日本的水杉之祖。也就是说，它们经历了从中国到美国，又到日本的漫长之旅。水杉在日本通常以拉丁名音译称呼，同时也有和名曰"曙杉"，是来自美国的友谊象征，也是战后日本复兴的标志之一，深受人们喜爱。

而学校最有名的植物，当属正门内树形优美的大樟树，这是学校的标志，与东京大学的银杏一样，被镌入了校徽。大约 1910年前后，学校钟楼前的花坛里已种下一株樟树，不过在 1934 年的台风中被刮倒，如今看到的大树是台风之后新植，大约八十多岁。每年 3 月末毕业典礼，盛装的年轻学生们都喜欢在这树下合影。而学校的人与旁人约碰头地点，往往也喜欢说"钟楼前的大樟树下见"。

离正门不远的法学部前后也种着两排美丽巨大的水杉，与附属图书馆对面一排整齐的雪松遥相呼应。人文研新馆楼前有一株高耸入云的雪松，日本叫作"喜马拉雅松"，埋在树根处的纪念石已深深嵌入树根，其上镌刻的年度是"大正元年"，也是民国元年，因此我私下称呼它为"元年松"，或"（辛亥）革命松"。我曾许多次赞美它：

> 蝉鸣如雨，微茫天光从巨大松树间落下。恍惚还是下雪时，路过此地，砸了一肩雪，簌簌掉进脖子里。（2014 年 7 月 31 日）

> 很大的雨，而楼前大松树下一滴雨也没有，松针竟能织

得如此细密？（2015 年 11 年 25 日）

深夜去学校，才知道刚刚下过雨，天上已现出许多星星。石榴树的黄叶在昏灯里很动人，纤细而晶莹。那大松树底下，不曾被雨水淋湿。（2017 年 11 月 20 日）

走过爱慕的大松树底下，无数细雪从月光里飞来。（2018 年 1 月 26 日）

暴雨，大松树落下的无数旧松针，在流水里渐渐排成整齐密集的、金黄的一大片，像某种动物光润的皮毛。（2018 年 5 月 8 日）

午后走过大松树底下。有一只松球，窸窸窣窣，从很高的地方掉落。经历枝叶的多重隔阻，一半先掉在地上，碎成好几块。另外有三五片干燥的剥落的种子，旋转着，像小陀螺，又像乘竹蜻蜓的小人，乘着金缕的光线缓缓降临。（2018 年 11 月 15 日）

元年松旁有一方清池，池畔杂错种着菖蒲、紫薇、桂树、矮松，还有一架紫藤。草坪上有鱼腥草，初春会萌生可爱的问荆（日文叫作"土笔"，因其初生嫩芽如小巧的笔头），茎是薄绸一样的质地，只有俯身才能看清。还有附地菜，精致微小的五瓣湖蓝花冠，接近鹅黄花蕊处渐渐转白。9 月下旬会突然抽出石蒜的长茎，在余烬一般尚且开着的紫薇树下倏而燃起美丽的暗火，不过几日

○　校内的松树

○　校内的巨木

又悄然熄灭。

小池南侧，挨着砖红色高大建筑物的，有两株更高大的北美鹅掌楸。要爬上三层或四层的楼梯，才能看清它们在高处盛开的酒杯状浅黄绿的优雅花朵。10月以后，树叶逐渐转黄，秋空之下格外孤高优美。我爱它们，不吝惜一切美好的形容，也常常词穷。我努力记得它们的花期与果期，譬如从前工学部天井内有一株红梅，五六月间结满香甜的梅子，总爱与鸟雀争来几枚甘软的果实尝一尝。而去年冬天，如约去看它时，却没有见到本该迎出楼头的红梅枝，这株三十三岁的梅树因为虫害而被砍去，我只见到尚且新鲜的切面。

也是在工学部附近，有一株结实的柠檬，4月花盛，香气盈人。那一带接近学校东墙，植物茂密而少有人来，因此是校内流浪猫生活的据点之一。树下总卧着三三两两的猫咪，有时旁若无人地打滚。深深嗅取美妙的柑橘科花朵的香气，入冬之后，则无时不惦记摘几个成熟的柠檬回去。采摘校内果实有违规则吗？一直担心了很久，只敢捡落下来的果子，直到认识了管理学校花木的森田博久先生。他告诉我，学校树木结的果子、竹子长出的笋，从来都没有人要，反而是他们这些管理花木的人不得不费心采摘、挖掘，你若愿意，欢迎收获。话虽如此，一个人所能吃的毕竟有限，且堂而皇之在校内采摘，也有碍观瞻，因此大多数时候还是止于观赏。

回想起来，曾尝过校内的梅子、柿子、枇杷、桃、橘子、柠檬、石榴、苦瓜……爱它们，不仅要知道它们的名字，还忍不住吃掉它们，我也是受这些植物庇护的小动物。

2020年的春天格外寂静，校内很长时间都没有人来修剪植物，

○ 夏初，校内的小柿子

植物因而自由生长，我也第一次见到校内胡枝子离披、芒草摇曳的原野般的秋景。到了 10 月，造园师傅们姗姗来迟，校内连日都是割草剪树的轰鸣，空气里满是植物被截开的香气。风景焕然一新，又是从前整齐的模样，漫长的假期结束了。

2020 年 11 月 17 日

豆腐百珍

　　青木正儿在《唐风十题》里专作过一篇《豆腐》，说豆腐传入
日本的年代至今不详，可能是镰仓室町时代留学的僧侣们带回："室
町中期文安元年（1444）的《下学集》中就有'豆腐'这个词语，
末期的《宗长手记》的大永六年（1526）条记载了在炉边以酱烤
串豆腐为酒菜一起喝酒的情况。"

　　黄遵宪的《日本国志》有豆腐条：

　　　　亦有豆腐。以锅炕之，使成片，为炕腐，条而切之为豆
　　腐串，成块者为豆腐干。又有以酱料同米煮，或加鸡蛋及坚
　　鱼脯，谓之豆腐杂炊。缸面上凝结者，揭取晾干，名腐衣。
　　豆经磨腐，以其屑充蔬食，曰雪花菜。

　　豆腐串即油炸豆腐串，如今还是居酒屋一道常见菜。杂炊类
似汤泡饭，在米饭中加汤汁、酱油、味噌、各类食材，共同烹煮。
日本寻常人家吃寿喜烧或火锅，最后还剩些汤汁。大人会问，咱
们做杂炊好不好？小孩子快活地点头。大人就往锅里加米饭和汤
料，敲个鸡蛋进去，再撒些葱花、海苔，焖一小会儿就能吃。

雪花菜名字很好，其实就是豆腐渣。明人徐树丕《识小录》有豆腐条："豆腐始于淮南王。其屑尚可作蔬，名雪花菜。加油盐姜为供，此儒家风味，不可不知。"清人边连宝论及贫贱饥寒之诗句，认为应写实才能尽其致，引用其子句云，"芽从豆苗餐琼蕊，菜为名高啖雪花"，豆芽与豆腐渣，都是贫家食桌的风味。雪花菜，日文读作おから（okara），语源来自"殻"（日文中亦训作 kara），即磨豆腐剩下的边角残余。又云"卯之花"，即虎耳草科的溲疏花，花朵细白，有微香，用来形容豆腐渣也合适。学校食堂常有一道凉菜，雪花菜与胡萝卜丁、玉米粒、青豆炒熟后拌在一起，清淡可爱。

传说江户中期学者荻生徂徕少小家贫，曾向邻家豆腐坊讨豆腐吃。头一回付钱时，徂徕说自己没有零钱，隔天又买豆腐，这趟说自己也没有大钱。豆腐坊的人才知道原来这个读书人是彻底的没钱，每天只吃一块豆腐度日，甚觉怜悯，此后便日日送他雪花菜抵饥。日后徂徕发迹，又逢豆腐坊遭遇火灾，徂徕登门报恩，助其重开店铺。这个故事是落语里的经典篇目，叫《徂徕豆腐》。泉镜花贫寒时也勉强靠雪花菜度日。他是有名的洁癖，绝不吃生食，连"豆腐"的"腐"也不喜欢，因为联想到"腐坏"，却偏爱吃豆腐，只好写成"豆府"。日文里亦常见"豆富"字样，讨口彩的同时也是为了避开不够美的"腐"。

今天日本的豆腐有木棉、绢之分，木棉豆腐即老豆腐，绢豆腐即嫩豆腐，二者皆柔软细白。不过江户时代只有木棉豆腐，还有一种很结实的"坚豆腐"，以海水点卤。老话说，草绳提豆腐，提不起。而这坚豆腐却可整大块用草绳捆缚，易于保存、运输，而今深山、离岛尚有遗存。木棉豆腐和牛肉、蔬菜煮一锅很好吃，绢豆腐凉拌就不错。京都的豆腐老铺很多，各自都有供应超市渠道的商品，是京都人平常不可或缺的食材。

天明二年（1782），江户中期的篆刻家曾谷学川写了本《豆腐百珍》，署名"醒狂道人何必醇"，收集了一百种豆腐料理的做法。此书在当时极畅销，随后又出版《豆腐百珍续编》《豆腐百珍余录》，掀起一阵美食想象的狂潮。据说谷崎润一郎曾参照《豆腐百珍》，亲自下厨，尝遍百种吃法。

《豆腐百珍》将豆腐分作寻常品、通品、佳品、奇品、妙品、绝品六类。寻常品如木芽田乐、烤野鸡田乐等。田乐原是平安中期至室町末期流行的祈祷丰收的传统舞乐，后来田乐衰微，新的艺术形式"猿乐"开始流行。人们将涂抹了味噌酱的烤豆腐串叫作"田乐"，据说是因木棒上穿着豆腐的样子有点像踩高跷、穿白衣的田乐法师。《豆腐百珍续编》中附有田乐法师与豆腐串的比较图，很有趣。今日提起"田乐"，首先想到的确实就是烤豆腐串。江户时代有一句川柳："田乐，昔日眼见，而今食用。"《近江名所图会》中有一幅《东海道木川村茶店图》，图中一家茶店内有人切豆腐、烤豆腐，远来的旅人或坐或立，品尝豆腐串。烤田乐之外，还有煮田乐，即"御田"（oden），也就是常说的"关东煮"。当然关东煮的内容已十分丰富，远不止豆腐串一种，还有萝卜、鸡蛋卷、鱼丸、土豆。滚热一大锅，是消磨冬夜的佳品。多年前，与友人夜游奈良，碧海青天，冷月孤星。老街十分萧索，忽而在深巷偶遇酒家，进门就看一只大锅内咕嘟咕嘟煮满油豆腐、白豆腐、土豆、萝卜、番茄，浓香四溢，原来热闹藏在深处。

《豆腐百珍》中木芽田乐的做法是：

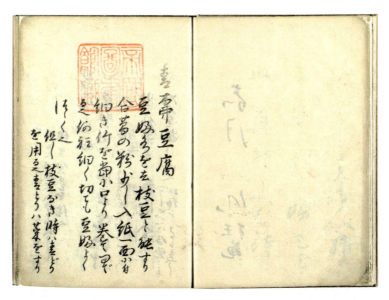

○ 《豆腐百珍余录》卷首，（曾谷学川著，日本
国立国会图书馆藏 1784 年刊本）

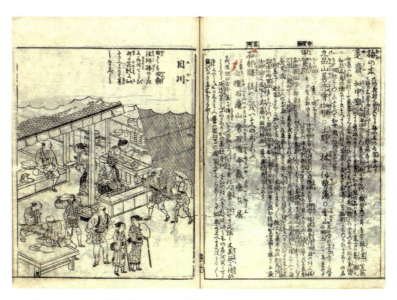

○ 《近江国名所图会》"目川"条下所绘茶店图，
店里有豆腐串卖（秋里蓠岛、秦石田选、蒹关月、
西村中和绘，日本国立公文书馆藏 1814 年刊本）

大盘盛满温汤，入豆腐串。即便豆腐很软，亦无需担心。稍后，自汤中取出，迅速置火上。味噌需加山椒嫩芽。若添两分甘酒，味尤佳。若添再多，则失之过甜。近来有新制之田乐炉。长约二尺，阔二寸五、七分，深二寸有余，方陶之器。表层涂釉，用于烧烤。底有六七分大小孔洞若干，嵌入木槽。槽深四五寸，另有四足。炉置于其上略一寸处。炭火无灰，槽内加水，以助火气。炉槽组合，水热后交替冷水。水温上升，则稍抑火气。亦有铜制炉槽。围炉烤田乐，款待客人。其时不需摇扇，旺火亦不会起灰。

这道豆腐菜最关键的是山椒嫩芽味噌。山椒与花椒同属异种，嫩芽清香，曰"木芽"，与笋相配，味尤佳。京都鞍马寺有名产曰"木芽煮"，用酱油煮透山椒叶、实、海带，有独特的甘香。在味噌里添加木芽，再加一点甘酒，涂抹在烤干水分的豆腐块上，煎至略焦，即可品尝。京都人钟爱山椒，嫩叶和果子都拿来做菜。我也种了一株，煮鱼时会顺手揪几片叶子下锅。

江户时代的小说家曲亭马琴写过一篇《田乐豆腐赞》，说四时风物中，花以吉野的最好，月以武藏野的最清澈。譬如梅花对黄莺、红叶对秋鹿，茶泡饭要配杂煮汤，菜饭要配田乐。春日出游，木芽青青，饮酒观花，吃一串田乐豆腐，实在妙极。我去居酒屋，也喜欢点烤豆腐串，外皮焦黄，加甘酒的白味噌浸润其间，咬下去一口汁水。京都的白味噌很美味，与豆腐相容甚妙。味噌按原料分，有米制、麦制、豆制三种。按口味分，有甜口、辛口之别。按颜色分，有红、白、淡三类。日本有句老话：味噌要把远的混在一起。意思是不同产地的味噌拌在一起吃则味佳，产地相隔越远越美味。从前曾到某家做客，主妇在厨房私授此法于我。并补充：京都的白味噌本身已经非常好吃，能与之相配的，只有东北味噌。

寻常品里还有一味"冻豆腐"，整块豆腐切八开，沸水煮透，寒冬天气过一夜。翌日复入热汤，取出后稍稍压实，太阳底下曝晒数日即可，汤里可加山栀子防虫。江户时高野山的冻豆腐很出名，因此又有高野豆腐之名。与中国的冻豆腐不大一样，孔隙更小，外观更细腻，也是学校食堂常有的凉菜。

通品有炙豆腐、油炸豆腐、软豆腐等等，与寻常品差距不大。佳品做法则渐不同，主要在于配料之丰富。有"驯染豆腐"，上好白味噌调酒，豆腐温火慢炖。配大把葱白、青椒、萝卜泥，蘸柚子味噌。有"今出川豆腐"，据说是一个叫今出川大纳言的贵族公卿，因年老齿衰而成该品。将豆腐与海带汤、酒、酱油同煮，加姜末、芥末、鲣鱼屑、胡桃碎同食。有"沙金豆腐"，豆腐整块油炸，中间挖空，填入鸭肉、鲷鱼肉、木耳、银杏、鸡蛋、海带等，扎紧口部，以酒烹熟。这种做法，真如《红楼梦》中那著名的十来只鸡配的茄子，食材在次，主要是费心思和工夫。

接下来是奇品，有"玲珑豆腐"，用琼脂煮豆腐。有"净馔海胆田乐"，酒曲、甜料酒、酱油加辣椒碎末煮上好海胆调汁，烤豆腐串。有"茶礼菽乳"，菽乳即豆腐的别称。大平锅底铺满竹叶，上置一方豆腐，切作五块。涂厚厚一层袱纱味噌，又铺一层竹叶。再涂一层四季味噌，烹煮半日乃成，碗底铺山椒叶或竹叶。袱纱味噌是白、红两种味噌的混合物，四季味噌是加了时令香物的味噌。茶礼即茶道之法，这道豆腐取竹叶、山椒之清味，与茶意相符，是文人趣味。作者曾谷学川出身京都，雅好诗文，多结交当时文人，并帮一家书店经营出版业，有机会接触各种最新舶来的中国书籍。这样一位雅人，想出"茶礼菽乳"之类的菜品，也在情理之中。有"藕根豆腐"，莲藕擦碎，与豆腐水同等分混合，取适量包以美浓纸，煮熟。白味噌调等分芝麻，少加砂糖，加热后略添辣椒，与莲藕豆腐同食。这些做法，现在还能在一些高级料亭见到。

妙品的讲究在于原料和蘸料。譬如"鸡蛋田乐"，蛋黄蛋清入酱油、酒、醋搅拌，匀抹于豆腐串上，烤熟。蘸酱是罂粟末和芥末。日本的罂粟是桃山时期至江户时期自中国传入，但栽培并未成规模，仅少量作药用、食用。罂粟种少许煎熟磨碎，混入辣椒粉，是某些和食的调味料。想必当时普通人也轻易吃不到罂粟调料，故以此入妙品。当然如今罂粟是登录在册的毒品，私人绝不可以种植。曾在高知县立牧野植物园见到一畦盛开的罂粟，边上立着醒目的警示牌，提醒人们务必认识这是不同于虞美人的毒品。

绝品当中，试举一例"雪消饭"。八杯豆腐烹熟，盛入加热过的小宁乐茶碗，置萝卜泥、汤取饭即成。八杯豆腐是江户时代的高级料理，豆腐切细长条，以高汤六分、酒一分、酱油一分之比例煮熟，是所谓八杯也，复以葛根粉勾芡。汤取饭的做法是，用多量水煮米，沸腾后捞出水洗，再蒸熟。"宁乐"是奈良的雅称，宁乐茶碗即奈良茶碗，底有托，上有盖，形似盖碗。《豆腐百珍》对这道饭的评价是"如此清味无第二品也"。如果不怕麻烦，倒是可以尝试一下。

书后还附《宋杨诚斋先生豆腐传》《豆腐异名》《咏豆腐诗三首》

《豆腐集说》四篇，是过去日本文人常有的汉文趣味。杨万里的豆腐传即《豆卢子柔传》，将豆腐与鲜卑的豆卢氏联想一处，赞其"白粹美澹""有古大羹、玄酒之风"。咏豆腐诗三首分别为明人苏平、明人曾异、清人张劭所作，如张劭诗："瀺珠磨雪湿霏霏，炼作琼浆起素衣。出匣宁愁方璧碎，忧羹常见白云飞。蔬盘惯杂同羊酪，象箸难挑比髓肥。却笑北平思食乳，霜刀不截粉酥归。"《豆腐集说》引《清异录》《本草纲目》《天中记》《物理小识》等汉籍中关于豆腐的记载，搜罗甚详，亦可见曾谷学川的广识。他的篆刻老师高芙蓉是江户时代有名的儒学家、篆刻家、画家，笃好风雅，深慕中国文化。他自己也有中国风的名字，曰"曾之唯"。《豆腐百珍》不单是饮食书，更是文人书。之后出版的《豆腐百珍续编》体例同前，又添六品百种豆腐，有夕颜豆腐、牡丹豆腐、棣棠花豆腐，都是漂亮的名目。

不过豆腐在日本的广泛流行，其实要到江户中后期。在江户初期，豆腐还只是贵族、武士阶层的奢侈食品。德川家康、秀忠时代，曾下令禁止民间私造乌冬面、荞麦面、豆腐。三代将军家光时期禁令依旧，而将军的一日三餐则有豆腐汤、豆腐羹等物，可见豆腐在当时确实是贵重的食材。《豆腐百珍》出版的年代，正是日本天明大饥荒时代，物价腾贵，民生哀苦。是故这种极致的豆腐文化，也仅在都市流行，庶民恐怕连"寻常品"也吃不到。

京都的豆腐古来就很有名，据说是因为水质好。谷崎润一郎晚年和松子夫人定居京都，就极爱吃京都的豆腐，日常饮食不离。明治时代有一位做豆腐的名家，特地从京都汲了加茂川的水带到东京去做豆腐。南禅寺的汤豆腐名气也很大，南禅寺在东山脚下，

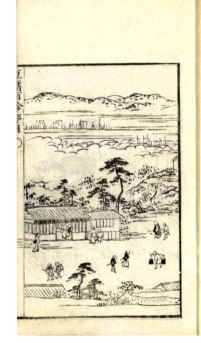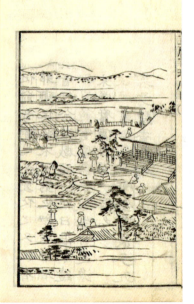

○ 《豆腐百珍》卷首绘图（曽谷学川著，日本国立国会图书馆藏，1782 年藤屋善七刊本）

○ 《豆腐百珍》卷首绘图与凡例（曾谷学川著，
日本国立国会图书馆藏，1782 年藤屋善七刊本）

山中水汽氤氲，清泉流泻。汤豆腐的美味，想来大半也因这水的缘故。东京台东区根岸二丁目有家豆腐店，叫"笹乃雪"，竹上积雪的意思，距今已有三百余年历史。正冈子规和夏目漱石等文人也曾多番光顾，子规有俳句，"水无月呵，根岸清凉，笹之雪"，"蘘花开，清晨售卖，笹之雪"。青木正儿也赞扬过京都的豆腐，不过他认为，还是自己家乡山口县的豆腐最美味，"细腻柔和，有黏性"，这是他的故园之思。

民国初年，宜宾人陈建民移居日本，带去了麻婆豆腐。为配合日人口味，稍加改造，多甜少辣，大受欢迎，遂与青椒肉丝、回锅肉、鱼香茄子几味并成日人钟爱的中华料理。当然在我吃来，这些菜要么过甜，要么勾芡过多，难免作南橘北枳之叹。

明清小说里也经常有豆腐的身影，和今日家常菜无多区别。《儒林外史》里经常有豆腐，比如第二十二回里说：

> 走堂的拿了一双筷子，两个小菜碟，又是一碟腊猪头肉，一碟子芦蒿炒豆腐干，一碗汤，一大碗饭，一齐搬上来。

从周是安徽人，对《儒林外史》自然亲切极了，像张爱玲说的李鸿章的长媳"相府老太太"看《儒林外史》，就看个吃。我总觉得过于家常，又多记男人的食桌，饭量太大。季恬逸在南京三山街的酒楼点菜，肘子、板鸭、醉白鱼，一盘蔬菜也没有。一天吃宵夜，是香肠、盐水虾、水鸡腿、海蜇，仍是没有蔬菜，全是下酒的零食，我不觉得有食欲。罗贯中、冯梦龙的《平妖传》第九回这样写：

只见两个家人抬着食盒，划了渡船，送到亭子中间。桌上摆着是一碗腊鹅，一碗腊肉，一碗猪蹄髈儿，一碗鲜鱼，一碗笋干，和那香蕈煮的一碗油炒豆腐，一碗青菜，一碗豆角。见是四荤四素。一大壶酒，一锡镟子白米饭。

好歹有素菜，看着不那么腻，也都是我所熟悉的家常菜。《西游记》里的师徒都是出家人，豆腐菜更常见。第五十三回里，猪八戒被妖精吊在梁上，口中犹称"快些儿刷净锅灶，办些香蕈、蘑菇、茶芽、竹笋、豆腐、面筋、木耳、蔬菜，请我师徒们下来"，听着比《儒林外史》的男人们吃得精细许多。第六十七回里，也有一桌"摆着许多面筋、豆腐、芋苗、萝白、辣芥、蔓菁、香稻米饭、醋烧葵汤"，也仿佛是"松下清斋折露葵"的意味。最是第一百回中，师徒一行取得真经，回到东土，太宗皇帝亲自设宴，阁内一桌好酒饭，是"面筋椿树叶，木耳豆腐皮。石花仙菜，蕨粉干薇。花椒煮莱菔，芥末拌瓜丝"，乍看仍是简素，细想椿叶、木耳、花椒、芥末之类都是此前粗茶淡饭时没有的调味料或配菜。

清人潘荣陛《帝京岁时纪胜》时品条说："三月采食天坛之龙须菜，味极清美。香椿芽拌面筋，嫩柳叶拌豆腐，乃寒食之佳品。"这几味今日尚能吃到，从前去京郊游玩，在农家都会要凉拌香椿芽与卤水豆腐吃。当时未觉得十分好，后来在京都住久，春天吃不到香椿，超市也不常见卤水豆腐，逐渐才感到离乡远甚的惆怅。

越剧《何文秀》中桑园访妻一节，有一段报菜名："第一碗，白鲞红炖天堂肉；第二碗，油煎鱼儿扑鼻香；第三碗，香蕈蘑菇炖豆腐；第四碗，白菜香干炒千张；第五碗，酱烧胡桃浓又浓；

第六碗，酱油花椒醉花生。"都是十分平易的江南家常菜。这也是越剧的气质，愿意柔声细语跟你讲饭桌上有什么菜，虽然过分实在，倒也不觉得俗气。《桃花扇》说妓楼的食物，极尽清雅，聚会吃的是樱桃、虎丘新茶，全无油腻，餐风饮露似的。

朱自清的《冬天》，小时候语文课本上学过："白煮豆腐，热腾腾的。水滚着，像好些鱼眼睛，一小块一小块豆腐养在里面，嫩而滑，仿佛反穿的白狐大衣。锅在'洋炉子'（煤油不打气炉）上，和炉子都熏得乌黑乌黑，越显出豆腐的白。"都是简单的词句，却很令人难忘。这种白水豆腐大概和南禅寺的汤豆腐做法相似，就算不煮，一整块稍微滴点酱油，我也可以很快就吃掉。

童年时，故乡巷内尚有豆腐坊，经日豆气弥漫，做豆腐非常辛苦，半夜就要开始磨豆。清晨新出屉的豆腐整块浸在热水里，底下垫一层洁白的棉纱，用薄薄的刀片齐齐切开，柔玉一般，看着舒服极了。方言称买豆腐为"捞豆腐"，因为是从水中现捞出来。豆浆、豆腐脑可以作早饭，豆腐煮青菜，切丝炒豆腐干，炖肉。故乡旧迹早已消失，京都街巷倒还有小豆腐坊，大多供应特定的店家与附近居民，也不流通入超市。有时远远看着，仿佛当中有一瞬荡漾出故乡的幻景，有一种即将觉知梦醒时刻的不舍。

2013 年 2 月 23 日

新中华料理

"新中华料理"是我随意发明的说法，指不同于上一代移民或本地人经营的、近十年来新开的、与国内最新饮食文化保持同调的餐馆。比如 2017 年夏神保町开张的马子禄兰州拉面，就属于此类。

京都没有好吃的中国菜，很多年前就听此地的长辈说过。我期待的"中国菜"与本地的"中华料理"颇不相同，后者无论高端还是亲民，都是较早在日本固定下来的菜式，与国内日新月异的烹饪技术与口味喜好相距较远。刚来读书时，学校附近有好几家中华料理，都标榜是川菜。那时我刚从重庆来，对川菜算得上非常有心得。吃了几次自然大失所望，勾芡太多的水煮牛肉，没有回锅的回锅肉，一律来自非川籍厨师之手。不过也就是我挑剔多，这样的菜馆在学校周边一向大受欢迎，因为味厚油多且量大，也的确用了不少中国调料，闻着看着都是中国的意思，做菜的师傅也分明是中国人，叫川菜虽然勉强，但叫中国菜是没有问题的。初来时本地师友满怀好意地要带我去吃中国菜安抚乡愁，多去了几次，我遂有不知天高地厚的言论："若要吃真正的中国菜，还是我做的更好些。"

○ 本地中华料理店的菜品

"那下次一定要尝尝你做的故乡菜啊！"

但迄今我也只是在春天做过青团给人吃。艾草是从山里采来，馅儿用笋丁、香菇、豌豆、肉糜等等。本地人吃到时无不惊诧，因为我曾说："青团跟草饼有点像，皮儿的绿色也是艾草汁染的。"咬下去竟是咸乎乎的馅儿，还有肉！

"这是包子？"本地人礼貌地赞美了几句，总会狐疑发问。

"包子有褶子，这个没有，只是青色的有馅儿的团子。"我"必也正名"，好在一般也会准备豆沙馅的青团，让他们再尝尝，平复一下肉馅草饼带来的震撼。果然他们说，这个确实跟草饼有点像。豆沙是自己做的，放了橘皮丁，是祖母的做法。不过给人准备食物总有点不放心，不知道对方的口味，自己的水准也不足。"真正的中国菜"逐渐成为纸上味道，我更愿意跟人描述，并附加免责条件，"中国很大，各地口味不同，你要去相应的地方，合适的馆子，才能尝到比较正宗的口味"。听起来益发玄乎，像骗子。

而我离乡去国时太年轻，尝过的"正宗口味"并不多，后来放假回国，也来不及把握国内料理界最新发展动向，最常去的不外乎那几家——芳草地的半山腰，呼家楼的山城辣妹子重庆火锅。这些食物于我而言来自异乡，我对它们的熟悉却甚于故乡食物，因成年后的大半时光都在外地。于是我也格外愿意谈论和尝试异乡的食物，以免自己沉湎于"思乡的蛊惑"。

兰州拉面降临神保町，这在当年的东都美食界是不小的新闻。新闻与电视节目都有报道，相熟的神保町书店主人也特地在邮件结尾加上一句："下次可以来尝尝。"2019年初，趁着去东京查资料的工夫，终于吃到了马子禄牛肉面。店内清洁宜人，稍稍脱离

○ 春天做的肉馅青团，往往令本地友人吃惊：里面居然有肉！

平民路线，清汤口味非常好。我是下午四点多进店，客人一直不断，据说用餐高峰期经常会排长队。那一阵书蠹们时兴在神保町逛完旧书店，再吃一碗兰州拉面。神保町的中华料理店很不少，招牌杂错于旧书店招牌之间，别具风情。我多次路过咸亨酒店——有一阵看宣传册上错写成"咸享"，但因匆忙赶路，从未进去过。东京、大阪等都会的新中华料理店远多于京都，因为新移民多，城市口味包容。外地人来京都，最想吃的是高尚的京料理，谁会想到吃外国菜呢？能在京都存活下来的中华料理，自然多是更平民的口味。不唯中华料理如此，要吃美味丰富的韩国菜、印度菜……最好也是去大城市。

当然，若抛下对记忆里"正宗"的执着，我在京都还是跟着老师们吃过不少中华料理。比如"雪梅花"，招牌上写着"和汉同菜　菜根谭"的大字，隐于蛸药师附近的町家内。店铺幽深古朴，全然是京都本地老店的气质，食材也强调"京野菜"。除了火锅，常见菜品依然比较保守，多用勾芡，可视为本地平民中华料理的精致版本。也有温过的黄酒，但不提供姜丝与话梅。比如四条乌丸的"老香港料理"，海鲜、鲍鱼很有粤菜风情，可惜逃不出勾芡八宝菜、清淡杏仁豆腐的定式。高岛屋三楼倒有品质稳定的鼎泰丰，只是很少专门去吃，也觉得小笼包太过普通。本地的中华料理无论自称川菜、粤菜又或上海菜，其实菜单都大同小异。有一回吃台湾菜，师傅也是北方人，云吞面味道非常不错。御所附近的"微风台南"口碑也好，师傅是中国台湾人，招牌菜是卤肉饭、大排饭，疫情流行以来，他们的便当也很受欢迎。

常听本地人说："百万遍到元田中一带如今成了新中华街呢。"

○　春卷亦不可少，只是馅儿与故乡的差别很大

○　京都中华料理店必然有的炒饭

○ 杏仁豆腐也很常见，偶尔才会遇到杏仁味道
很重的那种，仿佛是北京吃过的滋味

○ 中华料理店通常会卖黄酒，有时遇到小巧的
中国酒杯，甚至还提供一碟冰糖，真令人感慨在
梦中

这话不假，原本学校附近各国料理就多，印度菜如RAJU，泰国菜如こあの助（Koano suke）、青空，韩国菜如ろぶた（Robuta），都是经历了多年考验的知名店铺。历史同样久远的中华料理有华祥、长江边、和盛楼、友乐之类，年轻一些的有方圆、火枫源、五十碗。后者大概是2015年之后崛起，留学生群体是主要用户。有一家烤串店是纯正的东北风格，进门就能听到央视新闻，一切陈设、气味、响动无不来自祖国，正是新中华料理无疑。与餐馆一起兴旺的还有中华物产店，不同于从前只能卖些陈旧过时的物品，在国际物流畅通的今日，据说店里的食材大为丰富，什么流行的零食都能买到。有一次去师妹家，竟吃到她做的美味的榴莲比萨——榴莲不是日本的常见水果，一般超市没有踪影，这冷冻榴莲正来自中华物产店。

2021年9月，京大农学部附近开了一家兰州拉面，叫"百万"。生意一直兴隆，门口常排着队，我终于和本地朋友错开用餐高峰期去吃了一回。味道果然不错，师傅在后厨现场揉面、抻面，食客可以透过玻璃窗户尽情欣赏技艺。本地友人对之赞叹不已，又惊叹清汤味道何等爽口："一点都不油腻！竟有这等美味。"他们越是这样赞美，也越说明京都的中华料理文化何等落后，人们对其印象仍不脱"油腻厚味"。市内有一家"百岁牛肉面"，也是兰州拉面。紧急事态宣言时期，曾叫过外卖，滋味亦好，就是外卖送来时面难免已经泡软，只可惜进城时从未有闲暇去店里尝尝。外来餐饮进入文化保守地带，大概从简易的小吃入手会容易些，比如饺子和拉面，又比如过去几年间遍地开花又悄然沉寂的珍珠奶茶。如此说来，沙县小吃也很适合移植到海外，东京的高田马场已开了一家。

○　京都街头的兰州拉面馆

○　近年日本流行起来的兰州拉面，每诱我乡愁

一年深秋，友人库索带我去看池坊会馆的七夕花展。出场后弯月已在半空，去吃什么好？精通美食的库索问我要不要吃串串。我当下否定："串串只是火锅的简略形式！我在重庆时只吃火锅，而极少吃串串。"

她宽容了我的狭隘，说那家店味道很好，值得一试，叫作"牛华八婆"，据说还上过《舌尖上的中国》。店铺在黄金地段的木屋町，店内陈设彻底中国化，客人也全是中国人，以年轻留学生为多，耳中还听到极饱满的京腔，一时仿佛回国。我在些微的时空错乱感中吃到了涮鸭肠、涮毛肚，还吃到了阔别不知几载的红糖冰粉。这已不是简单的"正宗"可以形容，而是未经本土化妥协的"移植"。好在最后点的重庆小面完全不对，没有用碱水面，因地制宜用了素面，又或许是龙须面，说来我在北京也没有吃过几次真正的重庆小面。这橘生淮北的冒牌小面唤醒了我的迷梦，这一点遗憾在我看来正合适，是帮我回归现实的特别通道。

那晚在公交车上的我，肯定带着满身的火锅味道，车内有熟悉这种味道的人吗？后来有一次我在公交车上闻到了邻人身上相同的气味，噢！这个人刚吃完火锅吧？去的哪家店？三条河原町有小肥羊，至于大阪，则还有海底捞。

不过这些到底不是我最眷恋的，因此吃不吃到都无所谓。最难忘的，仍是儿时吃过的、喋喋不休说过的：春天的笋与蚕豆，初夏的枇杷，秋初的菱角与鸡头米，冬天的慈姑与茭白，再加上百叶结。除了菱角和鸡头米不易得，其他多数也能在异国尝到。它们在我的记忆里无不动人，不单以食物的面貌出现，总是跟树木、故园、祖父母的慈爱关联。因而我也不计较成年后在外地吃到的味道"不过如此"。"唯独在记忆上，还有旧来的意味留存。他们也许要哄骗我一生，使我时时反顾"，正是如此，我一直都知道。

2021 年 12 月 15 日

下篇

惆怅远行人

张爱玲的日本一瞥

　　近来新收到宋以朗编《张爱玲往来书信集》[1]，忍不住埋头看个痛快。第一卷《纸短情长》（1955—1979），开篇一封是 1955 年 10 月 25 日张爱玲致邝文美的长信，也是张离港后写给邝文美夫妇的第一封信。"在上船那天，直到最后一刹那我并没有觉得难过，只觉得忙乱和抱歉。直到你们一转背走了的时候，才突然好像轰然一声天坍了下来一样，脑子里还是很冷静 & detached〔和疏离〕，但是喉咙堵住了，眼泪流个不停。" 1952 年至 1955 年间，张爱玲在香港曾受到宋淇、邝文美夫妇的诸多照顾，彼此结下深厚的友谊，这段剖白也足可说明这点。1995 年，张爱玲去世后，所有遗产均交付宋淇夫妇。这两卷六十余万字的《张爱玲往来书信集》，正是她文学遗产的一部分。

　　1955 年 10 月，张爱玲搭乘克利夫兰总统号（President Cleveland）自香港出发，途经上海、神户、横滨，又经檀香山，最终来到纽约。这封长信里记录了她对于日本最直接的观察，事

［1］《张爱玲往来书信集》（全 2 卷），台北皇冠文化出版有限公司，2020 年。

○ 1960 年停靠香港的克利夫兰总统号

实上，她此前还去过一次日本。那是 1952 年 11 月至 1953 年 2 月间，她因奖学金补发问题与香港大学发生波折，故受炎樱之邀，暂往东京，以寻求赴美机会。无奈其事不顺，后又返回香港[1]。只是张爱玲第一次在日本的三个月，目前却等于空白，"几乎一点线索都没有"。

那么，不妨来看她第二次，也是最后一次看到的日本，究竟是何景象。1955 年 10 月 13 日，邮轮抵达神户港：

> 我本来不想上岸的，后来想说不定将来又会需要写日本作背景的小说或戏，我又那样拘泥，没亲眼看见的，写到就心虚，还是去看看。以前我看过一本很好的小说《菊子夫人》，法国人写的，就是以神户为背景。

"没亲眼看见的，写到就心虚"，正是张爱玲作小说的原则。她在《谈吃与画饼充饥》里说，曾经"因为想写的一篇小说里有西湖，我还是小时候去过，需要再去看看，就加入了中国旅行社办的观光团"，于是又去看了西湖风光。

1976 年，在她将完稿的《小团圆》寄给宋淇夫妇后，宋淇夫妇出于种种现实原因，力劝其暂缓出版，或对小说人物设定作一些改动，免遭读者攻击。张爱玲曾想将九莉的职业改为"一个赚钱少而有前途的行业"，"也许改京戏唱花脸"。宋淇赞美这一改动为"绝招"，非常热心地在信里提供了种种昔日大家族票京戏的细节。然而张爱玲到底没有作这样的大改，因为"对写不熟悉的东

---

[1] 见冯晞乾《张爱玲的牙牌签》，《南方周末》2009 年 2 月 5 日。

西实在有戒心"。[1]

就这样，为了日后的写作需要，张爱玲决定下船看看神户：

> 一个人乱闯，我想迷了路可以叫的士，但是不知道怎么忽然能干起来，竟会坐了电车满城跑，逛了一下午只花了美金几角钱，还吃咖啡等等，真便宜到极点。

1955 年暮秋的日本，正是战后经济高速发展时代的最初阶段，大批年轻人从农村来到都市就业，家电、汽车制造业空前发达，曼波舞（Mambo）[2] 大流行，街头年轻人都爱穿窄脚裤，年轻女子无不热爱《罗马假日》里的赫本头，街中到处是电影院、咖啡馆、面包店。张爱玲揶揄自己会坐电车逛神户，因为她一向认为"在现实的社会里，我等于一个废物"——《天才梦》里早说过，不会削苹果，好容易才学会补袜子，怕上理发店，怕见客，不会织绒线，天天乘黄包车去医院、接连三个月仍不认识路。不过《天才梦》也说过，"生活的艺术，有一部分我不是不能领略"，因而接下来信中是一大段她对神户风景的领略：

> 这里也和东京一样，举国若狂玩着一种吃角子老虎，下班后的 office worker〔办公室职员〕把公事皮包挂在"老虎"旁边，孜孜地玩着。每人守着一架机器，三四排人，个个脸

---

[1]《张爱玲往来书信集》（第 1 卷），第 327 至 332 页。

[2] 曼波舞，发源于古巴的一种拉丁舞，20 世纪 50 年代成为美国最受欢迎的舞蹈之一，影响遍及全世界。

色严肃紧张，就像四排打字员，滴滴搭搭工作不停。这种小赌场的女职员把脸涂得像 idol〔神像〕一样，嘴却一动一动嚼着口香糖。公司里最新款的标价最贵的和服衣料，都是采用现代画的作风，常常是直接画上去的，寥寥几笔。有几种 cubist〔立体派〕式的弄得太生硬，没有传统的图案好，但是他们真 adaptable〔与时俱进〕。看了比任何展览会都有兴趣，我一钻进去就不想出来了。陋巷里家家门口的木板垃圾箱里，都堆满了扔掉的菊花，雅得吓死人。当地居民也像我以前印象中一样，个个都像"古君子"似的，问路如果他们也不认识，骑脚踏车的会叫你等着，他自己骑着车兜个大圈子问了回来，再领着你去。明年暖和的时候如果 Stephen 到日本去筹拍五彩片，我真希望你也去看看。我想，要是能在日本乡下偏僻的地方兜一圈，简直和古代中国没有分别。苦当然是苦的——我想起严俊林黛下乡拍戏的情形。

"吃角子老虎"即战后风靡日本的柏青哥游戏厅，美国韩裔作家李敏金的小说《柏青哥》中，出生在日本的二代韩国人就从事柏青哥游戏厅的工作。作为从业人员，在当时的日本很受歧视，通常被视为不正经的社会人士。不过游戏机厅生意极好，小说里的年轻人因此赚了很多钱。

方括号里是编者增添的中译，不过稍有不贴合之处。譬如"idol"一词，固然有"神像"的意思，但此处或指"偶像"——柏青哥游戏厅的小姑娘脸涂得像明星，嘴里却在嚼口香糖。又或者说的是像白脸的小人偶？恐怕需要寻找她的更多用例才能有断论。不过张爱玲书信中的英文词基本都是英文语境下的词汇，如果指称白脸人偶，直接用汉字词即可，不必用 idol。日文アイドル（idol）一词的广泛流行是 20 世纪 60 年代之后的事，不过在 20 世纪 30 年代，报刊上在指称外国明星时已能见到这一词汇的用例。当然，张爱玲未必知道日文アイドル，她所熟知的应该就是西方电影明星那样的 idol。她是影迷，也是编剧，《小团圆》里最后一幕就是《寂寞的松林径》[1] 那样的调子与颜色，以她对英文的熟稔程度，用 idol 这个词指称偶像当然再正常不过。

去店里看和服料子，果然最是她的趣味所在，怎能不想到《童言无忌》的名句，"过去的那种婉妙复杂的调和，唯有在日本衣料里可以找到。所以我喜欢到虹口去买东西，就可惜他们的衣料都像古画似的卷成圆柱形，不能随便参观"，"和服的裁剪极其繁复，衣料上宽绰些的图案往往被埋没了，倒是做了线条简单的中国旗袍，予人的印象较为明晰"，"日本花布，一件就是一幅图画。买回家来，没交给裁缝之前我常常几次三番拿出来赏鉴；棕榈树的叶子半掩着缅甸的小庙，雨纷纷的，在红棕色的热带"，等等。《小团圆》里说："她新发现了广东土布，最刺目的玫瑰红地子上，绿叶粉红花朵，用密点渲染阴影，这种图案除了日本衣料有时候有三分像，中国别处似乎没有。她疑心是从前原有的，湮灭了。"《对照记》里也提到过广东土布，"最刺目的玫瑰红上印着粉红花朵，嫩黄绿的叶子。同色花样印在深紫或碧绿地上"。这些颜色在她的笔下重重叠叠，反复显影。

这封信的后面，写到十月廿二日，船行至檀香山，她上岸看

---

[1]《寂寞的松林径》，原名 *The Trail of the Lonesome Pine*，又译作"孤松林径"，1936 年上映的一部美国爱情电影。

风景，仍爱看服饰：

> 很多外国女人穿着改良旗袍，胸前开 slit〔狭长口〕领，用两颗中国钮子钮上。毕直的没有腰身，长拖及地，下面只有开叉处滚着半寸阔的短滚条。不知道你姊姊从前住在那里的时候是否就流行？日本女人也穿着改良和服，像 nightgown〔睡袍〕，袖子是极短的倒大袖。也同样难看。当然天气热，服装改良是必需的，但是我相信应当可以弄得好一点。

前文 Stephen 即宋淇，当时他正为电懋公司工作。1957 年至 1964 年间，张爱玲就是在他推荐下，为电懋公司写过剧本，其中有八部被搬上荧幕。日本乡间类似"古代中国"的风貌——在 1945 年发表的《双声》里，张爱玲已说过，自己曾迷恋日本文化，"因为我是中国人，喜欢那种古中国的厚道含蓄。他们〔日本的风景〕有一种含蓄的空气"。所谓"温柔敦厚的古中国情调"（《沉香屑：第一炉香》），是张爱玲年轻时就喜爱的修辞，一点揶揄和戏谑。不过这种迷恋在年轻时早已过去了。

克利夫兰总统号于 1947 年投入航运，被宣传作"您在海外的美国酒店"，广告上会贴心地提醒无论在哪里上岸，都会是浪漫与激情之旅。路过横滨，则会告诉乘客这里距首都东京非常近，也可去参观镰仓、日光，或者去更远一点的京都和大阪。张爱玲搭乘的这趟船在横滨停留一天半，她上岸后搭电车到东京市区：

> 买东西带吃饭，〔饭馆子里有电视，很模糊，是足球赛〕忙忙碌碌，不到两个钟头就赶回来了，因为要在三点前上

船。银座和冬天的时候很两样，满街杨柳，还是绿的。房子大都是低矮的新型的，常是全部玻璃，看上去非常轻快。许许多多打扮得很漂亮的洋装女人，都像是 self-consciously promenading〔很刻意地溜达着〕。回横滨的时候乘错了火车——以前来回都是乘汽车，所以完全不认识。半路上我因为不看见卖票的，只好叫两个女学生到了站叫我一声。她们告诉我乘错了，中途陪着我下来找 taxi，你想这些人是不是好得奇怪？不过日本人也和英国人一样，大都一出国就变了质。我还买了一瓶墨水，怕笔里的墨水会用完。

"银座和冬天的时候很两样"——说的是 1952 年冬天在东京的事，那时的柳树都枯着，她与炎樱去银座逛街了吗？真遗憾没有那时的资料，或许也静静躺在某处，在未来的某个日子突然出现。黄心村的研究说，张爱玲应该会说日语，这点我从来没有细想过，因为她英语太好，提起日本又总是淡淡的疏离。而《烬余录》里确实提到，香港沦陷后，港大的学生们学过一段时间日文，教师是一个年轻的俄国人，课上用日语调戏女学生，学生们渐渐不来，这个老师也赌气不来了。

张爱玲与日本的缘分很浅，她的作品在日本也没有什么认知度，尽管池上贞子等学者还是翻译了一些她的作品。况晚年张爱玲在华语世界终于再次大红后，宋淇更支持她出版英、法译本，认为没有必要太重视日译本和日本市场，因为诺奖诸公只看英、法文云云，对池上贞子的翻译水平亦不甚信任[1]。

---

[1]《书不尽言》,《张爱玲往来书信集》（第 2 卷）, 第 482 页。

○ 1955 年，银座街头（引自"东京都厅广报广听课"）

○ 1955 年，银座街头（引自"东京网络写真馆"），可以看到柳树，正是张爱玲见过的风景

说来日本人最喜欢也最熟悉的近代中国作家只有鲁迅，尽管近年刘慈欣也有些人气，但与日本各个时期的文学作品在我国的流行程度相比，自不可同日而语。我给此地本科生上课时也讲过张爱玲，选了比较容易被理解的《倾城之恋》。上来就要讲太平洋战争爆发，日本占领香港——学生竟大多数茫然，似乎不知道日本曾经还占领过香港。好在作业里都明确表示，要维护和平，绝对抵制战争云云。至于小说中幽微的情绪，则也要费些心思吸引他们的理解。

张爱玲对日本轻讽淡然的态度，与日本学界对于张爱玲贫弱的研究，恰好是一体两面，说明二者不甚相容。战后日本对中国最强烈、深刻的印象是"革命""新中国"。中日两国的文化交流尽管非常密切，但不论是上层还是民间的友好往来，都不太有需要推举张爱玲的必要。近来因为某些时事，京大一位研究基督教的学者被推上风口浪尖。网上有他去年的一个讲座视频，从近代日本基督教思想史的角度讨论"何为民族繁荣""近代日本基督教反战思想"等问题，说的都是平和正当的道理。孰料网友评论是，"请对日本历史怀着爱意再来研究"，"人文科学对科学技术发展有什么意义，哪能给人民带来幸福"。这样的环境里，想必也不容易讨论张爱玲。据说《小团圆》将出日译本，自然写成"小团円"，也不是"小團圓"。书题总共三个字，就有两个字似熟非熟，瞧着实在别扭，为起书名沉吟良久的张爱玲若看到会怎么说？近来读一位日本学者最新研究的张爱玲，全文漫然称呼胡兰成是张爱玲的"丈夫"，我很不以为然，加上时不时从纸上凸出来的"小团円"，更觉得张爱玲与日本水土不服了。

2020 年 10 月 18 日

江南之春

1928 年 2 月 11 日，京都大学文学部狩野直喜迎来了还历庆祝宴会，纪念会芳名录显示，到场者近两百人，青木正儿、小川琢治、河上肇、神田喜一郎、桑原骘藏、内藤湖南、仓石武四郎、铃木虎雄、羽田亨、吉川幸次郎等等学者，会聚一堂。纪念会推出三种出版物，一为《景印旧钞本礼记疏残卷》，一为《狩野教授还历纪念》[1]，一为《称觥集》。《称觥集》开篇是狩野的《六十自述》，随后王树枏、罗振玉、江瀚、王式通、长尾甲、铃木虎雄等中日学者均有诗文相贺。

我曾买到一册《称觥集》，据说是非卖品，与会者才能得到。有趣的是，书中还附有几件出版物，其一是宴会菜单，中文、法文对照，有"雅菜""贺筵牛澄羹""鲜鱼偕老烧""合乐煮若鸡""温雅烧牛肉""美香注温果""撰鱼珍果实""薰芳祝茂佳"，皆是吉祥如意的好名字，不知是哪位弟子的手笔。另有一张戏单[2]，录有：北曲《单刀会》之《刀会》《训子》，南曲《荆钗记》之《见娘》，

[1] 中国学论丛，弘文堂书房发行。
[2] 36.2cm×19.8cm，三折。

○ 《称觞集》，狩野教授还历纪念合刊，1928 年

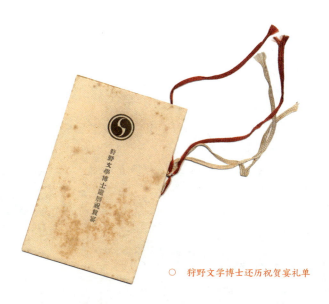

○ 狩野文学博士还历祝贺宴礼单

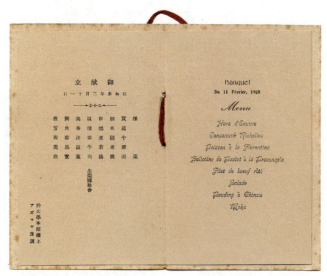

○ 狩野直喜还历祝贺宴菜单

○北曲「單刀會」刀會 元，關漢卿撰 （散板）

（淨關羽白）好一番江景也。（唱）（雙調）新水令 大江
東去浪千疊，趁西風駕着這小舟一葉，才離了
九重龍鳳闕，早來探千丈虎狼穴。大丈夫心烈，
大丈夫心烈，覷着那單刀會賽村社。 原第四折

又

訓子 （一板三眼）

（淨關羽唱）（中呂）十二月 想當日兄弟在范陽。兄
長在樓桑。俺關某在蒲州解糧，更有那諸葛在
南陽。雲時間英雄出四方。結義了皇叔共關張。

〔堯民歌其年三調臥龍岡〕己料定鼎足三分漢家
邦。俺哥哥碗孤道寡世無雙。俺關某匹馬單刀、
鎮荊襄長江。今經幾戰場。恰便是後浪催前浪。

原第三折

○南曲「荆釵記」見娘 明，寧獻王撰 （贈板）

（生王十朋白）母親聽禀。（唱）（南呂） 刮鼓令徙別後、
到京。慮萱親暮景 幸喜得今朝重會又緣、
何愁悶縈。莫不是我家荆看得、我母親不志誠。

原第廿一齣

○北曲「長生殿」彈詞 清，洪昇撰 （一板三眼）

（生李龜年白）待在下、再唱來者。（唱）〔正宮〕 貨郎兒三
轉那娘娘生得來似仙姿佚貌。說不盡幽閒窈窕、
端的是花輪雙、煙柳輪腰。比昭君增艷麗較西
子、倍丰標。似天仙飛來海嶠、恍嫦娥偷離碧霄。
更春情韻饒。春醋態嬈。春眼夢悄。抵多少百
樣娉婷也嬝、嬛播。

原第卅八齣

○ 狩野直喜还历祝贺宴所附戏单

北曲《长生殿》之《弹词》，南曲《白罗衫》之《看状》中的数支曲子。

明治以来，日本学界对中国传统小说、戏曲多有关注，特别是狩野直喜与王国维曾在同一时期关注元杂剧，互相交流，各有成果。1914 年，狩野直喜曾以罗振玉《元刊杂剧三十种》为底本覆刻，并撰有解题。1916 年、1917 年间，狩野直喜就曾在京大主讲《中国小说史》与《中国戏曲史》，即是后来的《中国小说戏曲史》的基础。戏单上列出的几支曲子，从文本而言自然是狩野等学者早已熟悉的，但恐怕无人能演唱，不能像贾母在宝钗生日上请大家点戏那样演现场版，只能是狩野等学者中国趣味的彰显，所谓"案头"看戏是也（青木正儿语）。

不过，早在 1919 年，梅兰芳曾带领喜群社来到日本公演，当时关西一带的学者为之倾倒，结成"梅兰芳同好会"，内藤湖南、狩野直喜、小川琢治、铃木虎雄、滨田耕作、青木正儿、神田喜一郎等人均是会员，并纷纷撰稿，由他们的老友汇文堂主人大岛友直编成一册精美的《品梅记》[1]。这一年 5 月 19、20 两日，梅兰芳在大阪演出《天女散花》《御碑亭》《乌龙院》等戏，还有昆曲《琴挑》，与他搭戏演潘必正的是姜妙香。

近代以来，日本人去北京听京剧不算很稀奇，还有辻听花那样的资深戏迷。不过日本人显然很少有机会接触到昆曲（内藤湖南曾在北京看梅兰芳的《思凡》，心醉不已），青木正儿作了《梅郎与昆曲》，不过他因为生了大病的缘故，未能去现场看梅的演出。他这篇文章主要从戏曲史的角度谈昆曲的兴衰，"我舍当今流行之

---

[1] 此书 2015 年已由文化艺术出版社翻译出版。

'皮黄'而取'昆曲'也"。他对《嫦娥奔月》《黛玉葬花》《天女散花》
等当时流行的新编戏评价并不高,"如果新曲是这种水平的话,着
实令人不安,不要说临川、渔翁的作品,就连古代无名之作都比
不上来"。他认为这些戏表演起来很美,但不过是为了取悦观众,
没有达到"雅"的境界。这番见解可谓精到,若非对中国传统戏曲、
文学有深刻的理解,不可能有辨析雅俗的眼光。1925 年春,青木
正儿游学北京,曾拜访长居北京的日本剧评家辻听花。青木对他
很崇拜,但唯有一点不认同,"那就是他本人是京剧通,而且是京
剧的铁杆戏迷,可是他对昆曲却毫无同情理解,这方面不足托为
我师"。听花认为昆曲的好处都是从京剧汲取来,对中国戏曲史有
深入研究的青木自然毫不认同。听花是京剧迷,但也会带来北京
的日本友人去看昆曲,比如芥川龙之介、波多野乾一就曾被他领
去看过《火焰山》《蝴蝶梦》等剧目[1]。

　　就在狩野直喜做寿的 1928 年 10 月初,日本迎来了昆曲演员
韩世昌的公演,这也是日本观众第一次接触到昆曲。韩世昌后来
是北方昆剧院的第一代院长,在 1910 年代后期已是名满京华的昆
曲演员,据说北大在 1918 年春有"捧韩团",蔡元培对韩世昌也
深为赞赏,尤喜其《思凡》,认为"此剧极富有宗教革命的思想"[2]。
1925 年 7 月 28 日,青木正儿曾在北京开明戏院看过韩世昌的戏,
极为倾倒。1928 年,满铁株式会社[3]举办京都大礼博览会,聘
请韩世昌赴日演出。在名古屋大学青木文库中,有《满铁情报课》

〔1〕 见芥川龙之介的《北京日记抄》。

〔2〕 傅芸子:《蔡孑民与〈思凡〉——宁捧昆,勿捧坤》《北京画报》1928 年 12 月 8 日。

〔3〕 全称"南满洲铁道株式会社"。日本帝国主义推行大陆侵略政策的"国策会社",
俗称"满铁"。曾在中国开展大量调查,为其侵略和殖民服务,直至日本战败投降。

课长寒河江坚吾在这年 8 月写给青木正儿的书函。中塚亮对此以及韩世昌来日公演始末有详细考察，认为当时日本观众已有数次观看京剧的经验，但对昆曲完全陌生，请来一位昆曲演员会很"新鲜"。同时，当时昆曲在中国处境艰难，加上青木正儿等学者一直对昆曲怀有极大兴趣，既可以满足极少数日本戏迷的需求，又能达到"此等优雅艺术在彼邦已衰落，但在日本却受到重视"的宣传效果。《北洋画报》对韩世昌的东渡演出有集中报道，剧评人王小隐作有多篇文章，谈到韩世昌对演出剧目的选择，"皆取幽静一路，几于不用金革之音"。评价曰："独惜此种雅乐日渐即于沦亡，国内好者，且日见寥落，乃转为东邦朝野所重视，得无有礼失求野之感乎。"日本方面，《大阪每日新闻》《读卖新闻》等也连日宣传介绍，做足了铺垫。

是年 10 月 2 日，韩世昌一行自北平出发，先至大连停留数日，后搭乘香港丸自大连出发，经门司港，于 10 月 11 日抵神户港。10 月 18 日至 23 日，在冈崎公园市公会堂公演《拷红》《惊梦》《思凡》《闹学》，其间宿于南禅寺最胜院。10 月 21 日下午，狩野直喜等京大中国学研究者发起茶话会欢迎韩世昌，韩世昌也略述从艺经历，并清唱昆曲——不知有没有唱年初狩野寿宴戏单上的曲子？ 10 月 25 日，在大阪朝日会馆公演《思凡》《闹学》，据说"全埠轰动"。10 月 27 日至 29 日，在东京新桥演武场公演《思凡》《闹学》。11 月 1 日，自神户搭乘长江丸回国。《北洋画报》（10 月 27 日）刊载了韩世昌是月 18 日晚自南禅寺寄给王小隐的书信，"戏已定下今晚演《思凡》《闹学》，台下非常欢迎，明晚演《佳期》《拷红》《游园》《惊梦》"云云。最胜院是南禅寺下的塔头，背临东山独秀峰，镰仓时代即有"神仙佳境"的美称。韩世昌在京都期间能住在这里，也可见待遇之特别。

韩世昌回国后，12 月 8 日的《北京画报》做了"韩世昌东游纪念号"，傅芸子、傅惜华、刘雁声等人均有撰文。不过，这也是战前日本人唯一一次接触昆曲的机会。相比之下，京剧更早地成为促进中日友好的符号——1956 年，梅兰芳就在日本进行了 32 次公演，掀起日本新一轮的品梅热潮。而战后昆曲在日本的第一次公演，则要等到 1986 年张继青一行的赴日演出。

在张继青演出之前，NHK 派出记者做了一期纪录片，《江南之春：访昆曲名家张继青》。穿着粉色夹克衫（有当时日本非常流行的大垫肩）的日本记者山根基世走在南京街头，感慨"穿人民装的变少了"。街头小摊的油锅里炸着春卷，"几乎与日本没有差别"。女记者漫步街头，被梳着三七开发型的男青年用很标准的日语搭讪，说自己在南京大学读书，并自然而然地领着记者参观自由市场各处小摊的食物。

随后，记者来到朝天宫的江苏省昆剧院，见到穿着紫色开衫、系着水蓝色丝巾、背着橘红色挎包、端着有盖茶杯、拎着蓝色热水瓶的张继青。镜头记录了早晨七点南京街头的通勤高峰，人们骑着自行车，有许多穿着鲜艳的女性在人潮中匆匆过去。节目特别介绍说，中国夫妇多为双职工，专业主妇很少见。全国人民代表大会江苏省代表的张继青每天早晨都会坐公交车上班，她的丈夫姚继焜去菜市场买菜。节目组又特别强调说，在中国，男主人上街买菜很常见。记者还与张继青从南京站搭乘火车去苏州，张在火车上为女儿织毛衣，窗外正是江南春景。这隐约是青木正儿数十年前所作《江南春》的残影，是对隔绝多时的中国小心翼翼的观察，也符合当时日本人对中国的普遍想象，淳朴、落后、奋起、男女平等、一切都刚刚复苏。节目还记录了王传淞、沈传芷、姚传芗等老先生宝贵的教学场面，以及青春时代孔爱萍、顾预、张志红等演员的笑靥，令人感慨不已。

1986 年，张继青的赴日演出大获成功。在她的回忆中，有一位日本妇女看了《朱买臣休妻》后，独自在东京国立剧场门口迟迟不肯离去，她"一定要看到卸妆后的张继青"，又说，"我做了52 年的妇女，我很了解剧中人崔氏的心情，你演得太好了"。在名古屋演出《牡丹亭》后，有一位姑娘来到后台，见面就落下眼泪，感慨张继青深刻、细腻地表达了女性的心理。[1]

1998 年 12 月 25 日，张继青与野村万作在日本国立能乐剧场同台演出《秋江》。昆曲与能剧、歌舞伎的合作共演，似乎是尤能表现"中日友好"的行为，尽管在我看来，这只是形式新鲜的尝试，两种艺术不容易在舞台上真正融合。那之后，上昆、北昆等剧团均曾赴日演出，日本也有尾崎宏次、楠田薰等资深戏迷，甚至还有前田尚香这样亲自去学戏的爱好者。如今，前田仍在日本热心宣传昆曲，也在一些场合演出折子戏，虽然唱腔、身段都颇有问题，亦远不如坂东玉三郎的水平。前些年有学者做了《能乐与昆曲》[2]这样的比较研究，在我看来许多牵强，就如不少比较文学、比较文化常见的问题一般。如今大概已经没有青木正儿那样深嗜昆曲又真正理解昆曲的日本学者了，也没听说过在日华人有什么曲社，这常令我感到深深的惆怅与不满足。

2019 年 10 月 10 日

[1] 见张继青《从传统"吃饭戏"到有时代责任感》。
[2] 汲古书院，2009 年出版。

○ 1930 年《大亚画报》第
234 期韩世昌的《思凡》剧照

遊園驚夢　　一名伶韓世昌

○ 1926 年《北京画报》第 1 卷
第 3 期韩世昌的《游园惊梦》剧照

〇　1928年《南金（天津）》第10期韩世昌的《游园》剧照

〇　1956年春，梅兰芳赠青木正儿相片

补记：2022 年 1 月 6 日，张继青病逝南京。同年 4 月 13 日，华文漪亦于美国去世。总觉得她们这样的艺术家，可以更加长寿一些，却不料告别来得这样突然。而自己其实也已经离青春渐远，只是没有充分认识到。大学时代看过一些昆曲现场，也去过曲社。来日本之后再没有这样的条件，偶尔在网上找些视频看，倘若我有称得上乡愁的情绪，那么一定藏在这些曲子中。它们在我的身体里，我时刻带着它们。

把月亮送给小偷

美剧《傲骨之战》（*The Good Fight*）第四季，博斯曼（Adrian Boseman）与丽兹（Liz Reddick）的律师事务所因经营不善、屡遭危机，无奈被一家大型律所收购。某日，收购方领导福司（Firth）召见该剧核心人物之一、律师戴安（Diane），给她安排了看似美好实则暗藏陷阱的工作。这位看起来趣味高雅的白人律师忽而问戴安："听说过良宽吗？一位禅宗僧人。"

面对茫然的戴安，他淡淡讲了一个鸡汤小故事：

> 他住在山脚一个小木屋里，过着极为简单的生活。一天晚上，一个小偷闯进了他家，却发现家里什么能偷的东西都没有。所以良宽脱下了衣服交给他，作为礼物。在小偷离开后，良宽赤身坐在原地，抬头望月，而后想，可怜的朋友，我多么希望我能把这美丽的月亮送给他。

律政精英女性戴安一时无法领会这份东方鸡汤的意味，而我则惊讶于美国高级律师的日本趣味，这比我曾经在面向总裁班的学术讲座上见到真诚向下属推荐"京都学派"的商界大亨更觉诧异。

　　剧中领导信手拈来的这则东方禅话在日本也很有名，不过情节略有出入，存在好几个版本。大概说江户后期曹洞宗僧侣良宽过着清贫的生活，某夜小偷进门，却无甚可偷，被良宽的贫穷惊呆。良宽就悄悄装睡，故意让小偷偷走他的被子。另一种说法是主动脱下衣服给小偷——看来脱衣服更具戏剧性，因此海外译者也选择了这个版本。之后良宽咏句云：

　　盗人遗我窗边月（盗人に　取り残されし　窗の月）

　　的确旷达极了。那么，这个故事是怎样传入西方，甚至被成功鸡汤化了呢？首先需要看良宽在日本是如何被推举的。如今在日本，良宽算得上非常有名的诗人，但事实上，他的作品被广泛介绍、精神被颂扬，不出意外又是明治以后的事，也就是所谓"近代以来"的"再发现"。

　　1758 年，良宽出生于越后国三岛郡[1]的神社之家，十八岁时突然出家，二十二岁时游历至备中玉岛[2]的圆通寺，拜国仙和尚为师。三十四岁，恩师国仙和尚去世，良宽开始周游各地，四十八岁时来到越后国蒲原郡国上村[3]的国上山国上寺五合庵，清贫度日。后来辗转于乙子神社的草庵[4]与岛崎村的草庵[5]，

────────────

[1] 今新潟县三岛郡。

[2] 现冈山仓敷。

[3] 今新潟县燕市。

[4] 今新潟县燕市。

[5] 今新潟县长冈市。

过完了身无一物的生涯。

良宽死后，又过了数十年，终于由上州前桥龙海院第二十九代住持藏云和尚出版了《良宽道人遗稿》，这已是明治前夜的庆应三年（1867），此书也是江户时代刊行的唯一一种良宽集，史料价值颇高，也可反映江户时代禅僧对于文集出版的基本取向，即首重汉诗文集，次及和歌。该本封面篆书"良宽道人遗稿"，下有"秋丛藏版"阳文方印，又"江户芝尚古堂翰缘"刊记。卷首有《良宽道人遗稿叙》《良宽道人肖像》《良宽道人略传》。其传略为上毛珠山老人云于庆应三年春三月所作：

　　师讳良宽，号大愚，北越出云崎橘氏子。兄弟数人，师其长也。师生而杰异，幼而不甘俗流。年二十二，遭备之圆通寺国仙和尚行化其国，乃令弟某继旧业，自往投之，剃发受具，相随抵圆通，服事数年。贫旅苦修，与众不群，深究道奥。仙附偈曰，良也如愚道转宽，腾腾任运得谁看。为附山形烂藤杖，到处壁间午睡闲。而后历参诸方，萍游殆二十年。而还故国，居于国上山巅之五合庵，又移住于山下乙子林之小庵。一钵孤锡，分卫村落市廛，或打毬，或斗草，与稚儿孩女嬉戏谐噱。任运放旷，诗歌翰墨纵意所之。……天保辛卯正月六日，示寂其舍，寿七十有四。阇维得舍利无数，葬邑之隆泉寺。余尝得其遗稿，后访国上五合庵故址，咨询山下古老，又屡就其参徒贞心尼者，详师履践风彩。

"上毛珠山老人云"即藏云和尚，也是最早向日本全国介绍良宽作品的人。龙海院位于群马县前桥市，即古之上毛之地，山号曰大珠山。藏云和尚曾与弘化四年（1847）云游至越后，得见良宽遗稿，大为倾慕，遂访五合庵，并拜会良宽晚年心爱的女弟子贞心尼，即略传所云"又屡就其参徒贞心尼者，详师履践风彩"。卷首的良宽肖像便是从贞心尼处摹写而来。遗稿例言称"今皆复原稿，不改一字，读者莫以词句巧拙，失其真趣"，可知此本诗句最大限度保留了良宽诗稿的原貌。要知道后来良宽歌句书法流行日本，赝作极多。

《良宽道人遗稿》为写刻本，书法精致，赏心悦目，很能说明江户刻工的水准，也足见藏云和尚的用心。且随手翻看其中的诗句，如《夏夜》一首颇为清隽：

夏夜二三更，竹露滴柴扉。西舍打臼罳，三径宿草滋。蛙声还远近，萤火低且飞。寱言不能寝，抚枕思凄其。

如《梦中问答》可见禅机：

乞食到市朝，路逢旧识翁。问我师胡为，住彼白云峰。我问子胡为，老此红尘中。欲答两不道，梦破五更钟。

而当中有关乞食、与童儿玩耍的诗句最可爱，如《腾腾》有句云：

陌上儿童忽见我，拍手齐唱放毬歌。

如《乞食》：

十字街头乞食了，八幡宫边正徘徊。儿童相见共相语，去年痴僧今又来。

如《毬子》：

袖里绣毬直大千，谓言好手无等匹。可中意旨若相问，一二三四五六七。

如《斗草》：

也与儿童斗百草，斗去斗来转风流。日暮寥寥人归后，一轮明月凌素秋。

托钵乞食为生的良宽最喜陪伴儿童玩耍，除了拍毬斗草，也喜欢为儿童做风筝，在风筝上写偈语"天上大风"，这也是良宽最有名、最为后世所爱的偈语。这些内容在他的和歌集中也有大量吟咏，且远比汉诗知名。不过他的歌集，则要到明治之后才得出版，此前仅见抄本，如江户后期国学家屋代弘贤[1]在自编丛书《论池丛书》第25卷收入了《良宽子倭歌并诗集》[2]。明治二年（1869），藏云和尚去世，似乎也暗示良宽被理解的一个阶段暂告段落，而

---

[1] 屋代弘贤（1758—1841），江户中后期学者、藏书家。曾任江户幕府"御家人"之职，与同时代学者、文人多有往来，撰述甚丰。

[2] 原静嘉楼藏，今藏日本国立国会图书馆。

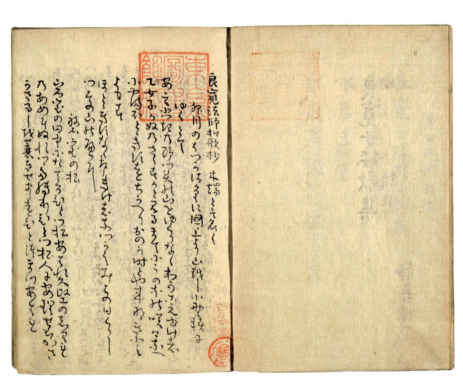

○ 日本国立国会图书馆藏写本《良宽子倭歌并诗集》

将迎来新的被认识、被传扬的阶段。

明治十二年（1879），由新潟人小林二郎出版、村山恒二郎编辑的私家本《僧良宽歌集》面世。若干年后，新潟出身的年轻歌人、书家会津八一[1]读到此书，十分倾倒。后来在拜会正冈子规时，曾询问子规"是否知道我故乡的良宽禅师"，子规称不知。随后会津八一归乡觅得此本，将之寄与子规，而子规不久便撰文介绍良宽事迹。所赠此本今藏法政大学市之谷图书馆正冈子规文库。

明治三十三年（1900）11 月 14 日，卧病的子规在日记里写道：

> 读《僧良宽歌集》。越后僧人，据云诗、歌、书无不精巧。诗不甚了然，而观歌集卷首笔迹，真乃绝伦。歌亦不劣于书，学《万叶》而全无俗气。

推举良宽的活动，最早只限于新潟地区，如 1898 年新潟县教育会编纂的《越佐史谈（教师用）》中已有"国上寺禅师坊及僧良宽"一章。到 1900 年之后，随着正冈子规等人俳句运动的兴盛，以及出版业的发达，关于良宽的歌集、诗集逐渐增多。全盛期是在大正、昭和年间，出身新潟、毕业于早稻田大学英文科的相马御风（1883—1950）相继出版《大愚良宽》（春阳堂，1918 年）、《良宽和尚诗歌集》（春阳堂，1918 年）、《良宽和尚遗墨集》（春阳堂，1918 年）、《良宽和尚尺牍》（春阳堂，1920 年）、《愚庵和尚及其他》（春阳堂，1923 年）、《新译良宽和尚歌集》（红玉堂书店，1925 年）、

---

[1] 会津八一（1881—1956），日本历史上的著名诗人、书法家与历史学家。毕业于日本私立第一学府早稻田大学。

○ 良宽书法

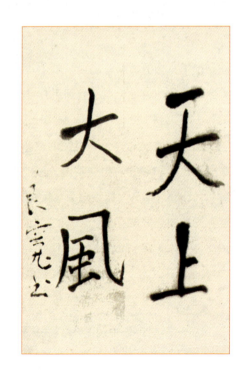

○ 良宽书法 "天上大风"

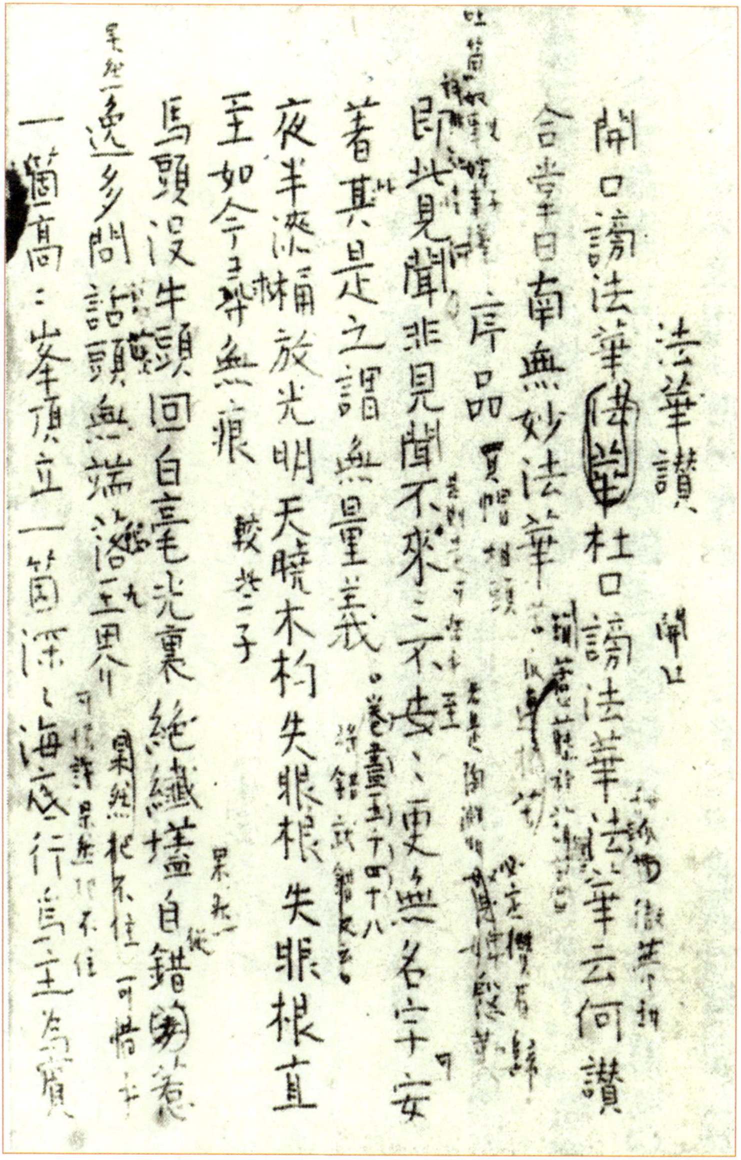

法華讚

開口謗法華　杜口謗法華　法華云何讚

合掌曰南無妙法華　序品

即此見聞非見聞　不來三昧　更無名字安

著其是之謂無量義

夜半添桶放光明　天曉木杓失眼根　失眼根直

至如今争等無痕

馬頭沒牛頭回　白毫光裏　絶纖塵自錯

逸多問　話頭無端　玉界

一簡高山峰頂立　一簡深深海底行為主為賓

題蛾眉山下橋杭

不知落成河畔代書法

適契異旦清新不明我眉

山下橋流寄世本宮川濱

蒙左一覺後仿佛

二十餘年一逢言微

風朧月野樵在行

《一茶、良宽与芭蕉》（春秋社，1925）等 20 余册专著，其后再版、重版无数，为良宽研究奠定了重要的基础。

1937 年，时于新潟高等学校担任德语讲师的德国人雅各布·费舍尔（Jakob Fischer）翻译出版了贞心尼所作良宽传记《莲之露》[1]，是良宽诗歌最早的英译。全书共十一章，从良宽少年时代写起，到出家、修业、巡游、归乡、五合庵山居、诗歌再到辞世。Fischer 自序中说，移居新潟之后，时常听到本地人谈起良宽。某个冬夜，新潟医科大学的教授平泽兴[2]又同他谈起良宽，遂使他起意编纂一册面向英文读者的良宽小传。在他感谢的人名录中，除了相马御风，还有安田靫彦、津田青枫等多名人士。相马御风为此书作序云：

> 越后的良宽非常迅速地成为了日本的良宽。而现在，感谢 Fischer 先生的工作，良宽正在成为世界的良宽。对我而言，这是极快乐的事，因为我已对良宽贡献了二十余年来我所有的时间与精力。……我丝毫不怀疑，Fischer 先生的这册书将给所有可以读懂英文的、喜爱思考的人带来快乐。

"二战"期间，费舍尔搬到新潟郊外，自己种土豆、养羊维生。战后曾到东京经营饭店，同时在东大旁听佛教及美术史研究的课程。后来他回到故乡莱茵兰，经营一家日本美术馆，而他早年的译著《莲之露》也多次加印，是海外良宽研究史的重要参

---

[1]《莲之露》（*Dew—drops on a Lotus Leaf*），此书在当时的北京近代科学图书馆也有收藏。

[2] 平泽兴，1957 年至 1963 年间曾任京都大学校长。

考文献。

1968 年，获得诺贝尔文学奖的川端康成在颁奖典礼上作了题为《我在美丽的日本》（《美しい日本の私》）的演讲。当中引用了多首良宽的歌句，譬如：

无迹可寻春之花，山中杜鹃，秋之红叶（1）

这是良宽的辞世之句，在川端看来表现了日本四季之美的精髓。接下来又道：

云霭融融春日永，与儿童嬉戏手毽，不觉日已暮（2）
月好风清，来罢，一起跳舞至天明，老来堪回忆（3）
并非有意避世，更爱独自玩耍（4）
久待之人终来到，而今相见无所思（5）

川端赞美良宽"和颜蔼语"的无垢言行，认为那是超越了时代的高雅境界。川端说，良宽死于新潟，也就是《雪国》之地，临终的良宽心如明镜。经过川端这般迷人的叙述，日本的良宽至此终于成为世界的良宽。

日本文学研究者、翻译家爱德华·乔治·塞登施蒂克（Edward G．Seidensticker）曾这样翻译川端演讲中的良宽诗句：

（1）What shall be my legacy?

　　The blossoms of spring,

　　The cuckoo in the hills,

The leaves of autumn

（2）A long, misty day in spring:

I saw it to a close, playing ball

with the children.

（3）The breeze is fresh,

the moon is clear.

Together let us dance in night

away, in what is left of old age.

（4）It is not that I wish to have none

of the world,

It is that I am better at the

pleasure enjoyed alone.

（5）I wondered and wondered when

she would come.

And now we are together.

What thoughts need I have?

　　以上英译小诗称得上朴素隽永，朗朗上口。而汉译良宽之句大多拘泥于七字格式，如叶谓渠译"秋叶春花夜杜鹃，安留他物在人间""浮云霞彩春光火，终日于子戏拍球"等句，不仅增添了原句没有的内容，以熟悉诗词的中国人的眼光来看，未免太像打油诗。有一种楚辞体的译法，如"霞光映兮春日久，与子嬉兮朝至暮"之类，倒比叶译准确不少。早在1934年，谢六逸曾发表随笔《良宽和尚》[1]，他曾这样翻译良宽的歌句：

农家分秧忙碌的时节，我将它绘成画幅，挂在庵里，顶礼膜拜。

开篇提到的盗人之句，则是这样翻译：

偷儿留下的，窗上的月色。

这两句比常见的强行汉诗译法准确自然得多。良宽的诗句在中文世界并没有太流行，或许是因文化有相近之处，首先不觉得良宽汉诗有格外出色，再者没有人将他的短歌贴切地译出来，反而是对汉文全然陌生的西方人更容易接受这种遥远朦胧的东方趣味。比起汉诗，我更爱读良宽的和歌，也是因为心中对汉诗有很高的标准。而和歌对于日人而言，自比作为外文创作的汉诗更能淋漓尽致地抒情达意，对于外国人的我而言，也总感到新鲜，且具有音节摇曳之美。

翻译过《道德经》的美国诗人、畅销书作家史蒂芬·米切尔（Stephen Mitchell）出版过《启迪心灵：神圣诗歌选集》[2]，当中也收入了良宽欲赠月亮给盗人的短歌，并作了一番深情的敷衍，

---

[1]《人间世》第5期。

[2] *The Enlightened Heart: An Anthology of Sacred Poetry*，1993.

"良宽对小偷说，您走了漫长的道路来拜访我，而您不应该空手而归，我且把自己的衣服当作礼物送给你"。不知《傲骨之战》的编剧参考的是不是这个版本？

2020 年 11 月 16 日

井上靖的少作

　　井上靖是与中国缘分很深的日本作家，他最负盛名且为人熟知的小说，大多是中国历史题材，譬如《天平之甍》《楼兰》《敦煌》《苍狼》《孔子》。他对中国史怀有浓厚的兴趣，也有非常深刻的理解。1956 年，他加入了新成立的"日中文化交流协会"，次年 10 月便随日本作家代表团访问了中国的北京、上海和广州，这是他 1945 年后第一次来到中国。1961 年 6 月 28 日至 7 月 15 日，井上靖又以日本作家代表团成员的身份访华，见到了茅盾、老舍、夏衍等人。1963 年九十月间，为纪念鉴真和尚圆寂一千二百年纪念会及扬州的鉴真纪念馆奠基仪式，井上靖再度访华，此时距离他出版《天平之甍》已过去六年，之后他访问中国有二十多回。当年他读《唐大和尚东征传》，很喜欢"江淮之间，独为化主。兴建佛事，济度群生。其事繁多，不可具载"这样有力的文句，由此创作了《天平之甍》。他曾这样回忆：

　　　　对于其他人物，是要一一勾划出他们的性格，再从性格上来解释他的行动的；对于鉴真就没有那样操心的必要。只要把《东征传》所记载的鉴真的行动照写出来，把其中所记

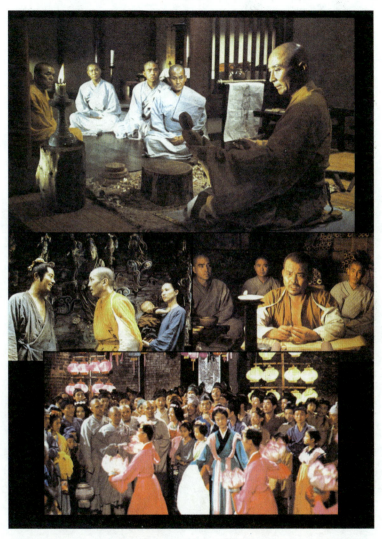

○ 井上靖作品《天平之甍》1979年在中国取景，当时是中日建交后文化交流的盛事

○ 井上靖在中国,《天平之甍》拍摄现场, 1979 年

○ 井上靖在苏州, 1979 年

的鉴真的话照样地介绍就够了。因为无论什么行动和什么语言，都是出于鉴真个人的性格，而他的性格是可以完全通过信仰来加以证实的。[1]

井上靖对佛教也有很深的造诣，曾负责监修《日本古寺巡礼》等丛书。出身京大文学部哲学科美学专业的他创作历史小说极为谨严，不仅查考大量文献、实地调查，也会就各个具体问题向相关领域的学者求教，并尽可能地想象历史场景的细节，因此读他的作品，常有强烈的临场感。

姜德明在《三见井上靖》一文中，有好几处写到井上靖构思小说时的逸闻。井上靖创作《孔子》之前，访问过山东、河南、河北一带，他向姜德明、夏衍等人询问中国何时开始用筷子，又问在孔子的时代是否食用大米。第二次见面，他们继续讨论这些问题，小说背景时代的衣食住行、室内陈设，无不关心。有趣的是，他请夏衍为小说里的人物起外号，"我将写到《论语》中提到的四隐士之一，就以中国一种蔬菜名来起外号吧。但是因为人物性格上的需要，得用不新鲜了的蔬菜，中国话又该怎么说呢"。最后定了"蔫姜"，实在是好名字。写小说的人知道，有时起到合适的人名，脑海中模糊构想的形象仿佛突然被吹了一口气般活过来，因此井上靖也说自己很快就要动笔了。果然，《孔子》中虚构了蔫姜这样一个孔门弟子的角色，并通过他的视角来铺陈孔子的人生、思想、死后之事。透过小人物的视角来切入某个著名人物或大时代，是井上靖钟爱的写作手法，这在他早期创作的日本历史小说《战国无赖》中也能见到。

---

[1] 见井上靖《鉴真和上的形象》。

○ 琵琶湖上的竹生岛,《战国无赖》的舞台

《战国无赖》的舞台是日本战国时代，主人公佐佐疾风之介剑法非凡，品格高尚，以现在的眼光看，未免透着古早武侠小说的脸谱气息，又仿佛早年武士电影里常见的角色，一举一动都有套路，也一定最得故事中美人的喜爱。连井上靖也不太喜欢这部作品，不愿意将其与《风林火山》列入自己创作的历史小说范畴。但 2012 年的夏天，我还是接受了当时在磨铁图书公司工作的罗毅发出的译书之约。

我与罗毅相识于 2010 年，每每放假回京，他就会找我与从周吃饭，最常去小吊梨汤。他在我跟前劝我珍惜从周，背着我也对从周殷殷劝诫，要他爱护眼前人，温和的长者风度。2012 年，他为我出版了《燕巢与花事》，这年夏天我回北京，他拿了一册角川文库的《战国无赖》给我，很坚决地说："你必须答应下来。"当时我没有翻译文学作品的经验，正处于换专业的茫然岔路口，对未来有模糊的憧憬，好像有很多事情都可以尝试，战战兢兢又跃跃欲试。犹豫再三，应承了这份工作。那个夏天一直埋头翻译，日记里有一些记录，甚至有从早晨到下午一直工作、饭也不吃的时候，年轻人到底勇猛无畏，如今赶论文也没有这样的气力。

这个故事确实不算多么精彩，但依然有不少打动我的地方，琵琶湖、竹生岛、拎着兔子的阿良、卧病的加乃眼中所见的湖上鸟群，多次吸引我徘徊其间、反复斟酌词句。我在京都交到的第一位好朋友香织就是琵琶湖人，那时已和她同游过琵琶湖。她说小时候夏令营去过竹生岛——缥缈湖上遍覆丛林、栖息白鸟、高高石阶通往神殿的小岛，令我向往。

这年 11 月 28 日，翻译完成，次年初修改完毕，便交了稿，编辑将书名改作"浪人",我不赞成翻译时擅自改动原题。所幸此番重版,恢复了原题。当时也想,或许以后有机会翻译井上先生自己更喜欢的作品。

然而事实上,那以后的我离文学越来越远,不曾翻译过文学作品,也不再创作小说。学院生活忙碌无比,遭遇良多,备尝艰辛。2018 年 6 月,重庆出版社的编辑魏雯小姐联系,说要重版此书,这才有回顾从前的机会。尽管很想修改译稿,却始终难得空暇,仅略作改动而已。倒是今年 7 月,总算独自去了竹生岛。"水鸟栖息在上头呢!神明一点不差,就在这最宽阔的湖上造出那样的礁石呢。"小说里借船家之口这样赞颂过。竹生岛面积仅 0.14 平方公里,周长 2 公里,岛上最高峰近 200米。从近江今津搭船过去,半小时可以抵达。登上小说中阿良与加乃一起走过的陡峭石阶,至山顶宝严寺,又至观音堂、三重塔,入宝物馆,见到《弘法大师上新请来目录》、《法华经序品》、骏河仓印[1] 等,收藏颇为可观。据说如今岛上鸬鹚成灾,吃得太多,排泄的粪便也太多,树木难以喘息,植被惨遭破坏。来往小岛的船上播放的短片一直在介绍鸬鹚之害,说要有计划地猎杀部分鸬鹚才行。

在井上靖的年代,中国题材的小说曾经可以获得日本大众真正的热情与喜爱,这样的时代在日本已过去,如井上靖这样的作家也不再有。而我们对日本还怀有关注,依然有不少日本文学、学术作品译介至我国,这是很好的事。原想借重版之机对井上靖

---

[1] 日本奈良时代铜印,日本重要文化遗产。奈良时代,日本各地有用于贮藏税收财物的仓库,该印即骏河国地区税收仓库的用印。

的早年创作略加考察，但因于论文及琐务，仅止于漫然随想而已。欲了解某位作家的创作及思想，尽管本人大约不乐意——其早期作品也是不可忽视的资料。读者诸君不妨以鉴赏老电影的心情阅读这部作品，欢迎来到井上靖早期的文学世界。

2019 年 10 月 19 日于北白川畔，秋雨潇潇

昔话的退却

　　所谓"昔话"，是一个日文词汇，即"过去的故事"，亦可解为"民间故事"，或"民间传说"。原是流传于民间、口口相传的故事，承载了人们的共同记忆与某个地区的常见风俗，是民俗学研究的重要母题。"民俗学"（folklore studies）一词最早是日本学界采用的译名，其研究出发点在于认识祖国和认识自我，不过各国研究者最初的动机与目的并不一致。譬如德国民俗学始于格林兄弟的文献学研究，且有浓郁的社会学、社会政策的色彩；芬兰民俗学则特别注重文化起源及传播方向。柳田国男认为，民俗学的根本动机源于某种乡土之爱、国族之爱，其与历史学的不同之处在于，它所要了解的不是史籍中重要的人物与事件，而是普通人迄今走过的道路。"运用民俗学阐明存在于现实社会生活的问题，就是日本民俗学的主要目的。"[1]

　　《民俗学入门》底本是柳田国男弟子关敬吾所辑《日本昔话》[2]，也是第一部中文全译本。若要了解此书的诞生背景，首先应回顾

---

[1] 见柳田国男、关敬吾合著《民俗学入门·序论》。
[2] 日文《日本の昔ばなし》，岩波书店，1956—1957。

日本民俗学的历史。日本近代民俗学的发展肇始于 20 世纪初的"乡土研究"，其奠基者正是柳田国男。周作人早已对柳田的研究和学说多有传扬，认为柳田的《远野物语》和《石神问答》"虽说只是民俗学界的陈胜吴广，实际却是奠定了这种学术的基础，因为他不只是文献上的排比推测，乃是从实际的民间生活下手，有一种清新的活力，自然能够鼓舞人的兴趣起来"。并赞美柳田"治学朴质无华，而文笔精美，令人喜读"[1]。后来，周作人在北京大学与顾颉刚、沈兼士等学者发起歌谣研究会，积极提倡歌谣学，与他受柳田国男的影响不无关系。而《歌谣周刊》的发刊词也将歌谣的搜集、研究明确纳入民俗学的范畴，并认为在中国，研究民俗学是一项重要的事业。

20 世纪 20 年代中期，柳田将自己的民俗学研究定义为不仅要精确理解日本平民过去的生活，还要与其他相邻民族进行比较。不过柳田本人在比较民俗学方面未及着力，这方面研究要等到他的弟子们在战后继续开拓。而同时期的中国，民俗学研究的重心已由北京转移至广州。1927 年，中山大学首创民俗学会，刊行《民俗周刊》与民俗丛书，"民俗学"一词遂普及于学界。

20 世纪 30 年代，日本民俗学领域的核心人物无疑仍是柳田，他带领弟子发起全国范围内的民俗学调查，并得到日本学术振兴会的补助金，即 1934 年开始的"全国山村生活调查"与其后的"海村调查"。弟子们到日本各地农村开展田野调查，重点关注村落的历史、村落与外部的交涉、村落的组织及机能、村民的

---

[1]　周作人《远野物语》，收入《夜读抄》。

衣食住行、信仰、生育等问题，尽可能保留听取的方言词汇及文法。关敬吾来到柳田门下，正是柳田开始大规模调查的 1934 年初。1899 年出生于长崎的关敬吾当时已从东洋大学德文系毕业，在东京大学图书馆工作。他为柳田的学问所倾倒，也对民俗学有浓郁的兴趣，遂加入了柳田当时主持的"民间传承会"，也参与了柳田的农村调查，搜集了两个村庄的传说，积累了重要的田野调查的经验。山村调查首先完成，并在 1937 年出版研究报告《山村生活的研究》。不过，接下来的海村调查就不甚顺利。日本政府发动全面侵华战争后，日本农村迅速凋敝，男性村民被陆续征兵，学术振兴会的经费支援也告中止。调查在 1940 年勉强结束，研究成果《海村生活的研究》则要到战后的 1949 年才出版。

当时，柳田的民俗学研究法已相当成熟，其研究组织也扩大至全国规模，奠定了今日日本民俗学的基础。值得注意的是，柳田门下还有几位成员是当时日本的马克思主义者。1920 年代以后，日本国内对左翼运动的压迫日益剧烈，许多青年马克思主义者被捕入狱。他们出狱后不便继续高调参加社会主义运动，同时又无法抛弃自己的信仰，而在他们看来，柳田民俗学中始终强调的"常民"概念与马克思主义存在相通之处，遂有不少人投奔至柳田门下。"常民"一词是柳田民俗学的核心概念，源自"common"。柳田曾强调，之所以不选择"庶民"一词，是因这一词汇有某种阶级性，指称某些地位更低的群体，并不合适；不用"平民"，是因为这依然是一个有阶级属性的词汇，与"士族"等阶级对立；"常民"则可概括某个国家无论贵贱的所有群体。柳田创立的日本民俗学研究，战后在日本学界被批判为非历史性的、日本一国主义式的研究，即过度强调日本的独特性及一体性。

但关于柳田学术的遗产尚有诸多未整理、消化之处，也很难轻言超越。

作为柳田忠实的弟子，关敬吾1945年之前的学术经历正与柳田民俗学确立期及当时盛行的口承文艺采集期重合。战后，日本民俗学进入新的发展阶段，学者们反思战前、战时的研究方法，整理出版此前积累的大量资料，并探索新的方法与理论。1962年，柳田去世后，日本民俗学陷入迷茫期，柳田弟子们似乎一时无法超越柳田的学说，也不能提出新的方法论与范式。同时，文化人类学等与民俗学相近或交叉的学科在日本迅速发展，研究者们开始质疑民俗学是否有独立存在的意义。关敬吾与大间知笃三（1900—1970）、冈正雄（1898—1982）、樱田胜德（1903—1977）等人编写的十三卷《日本民俗学大系》[1]正是在这样的环境里诞生。

1962年起，正在瑞士的荣格研究所留学的心理学家河合隼雄（1928—2007）开始学习用深层心理学的方法分析民间故事。他对通过民间故事分析日本人的深层心理产生极大的兴趣，而当时反复阅读和思考的，正是本书底本、关敬吾编岩波文库版《日本昔话》。关氏在书中说，民间故事可以超越时代与文化的差异，是具有共同性的存在，这给河合带来很大的启发。河合回国后，将此际的思考撰成《昔话的深层》[2]一书出版刊行。后来，河合进行了更深入、广泛的民间故事研究，所用基础素材便是关敬吾等人嗣后编写的《日本昔话大成》[3]，这也是日本昔话研究的

[1]《日本民俗学大系》，平凡社，1958—1960。

[2]《昔话的深层》，福音馆书店，1977。

[3]《日本昔话大成》，角川书店，1978—1980。

○ 柳田国男在书斋，1954 年

集大成之作。

1966 年至 1967 年，关敬吾担任了日本民族学会第二期会长，1977 年担任日本口承文艺学会首届会长。至 1990 年 1 月 26 日去世为止，一直致力于日本民俗学的研究。1970 年代末至 1980 年代初，中日两国学界逐渐恢复来往，1980 年，日本口承文艺学会派出了访华团。1981 年开始，中央民族学院朝鲜语教研室的朴敬植、金道权开始着手翻译关敬吾的《日本昔话》，即《日本民间故事》[1]。不久，爱新觉罗·连湘也翻译了此书，题为《日本民间故事选》[2]。短短两年时间内，先后出版同一种书的两种译本，足见当时中国出版海外书籍的热情，而这也是当年许多儿童印象深刻的故事集。

回顾中国民俗学研究的第一个繁荣期，起点与五四新文化运动重合，经周作人、顾颉刚、钟敬文、江绍原、郑振铎等学者开创、发展，1949 年后被革命式的民间文学模式所取代，前述诸位学者的研究转入沉寂。第二个繁荣期则在 1980 年代至21 世纪初，大量本土研究被整理出版，海外研究也同时引进译介。不过，如今中国民俗学研究与日本的情况相似，也直面诸多困局：研究方法没有更多深入与开拓，同时被历史学、社会学、人类学等相邻、相关领域研究挤压。民俗学本身可以成为历史学等学科的研究对象，但民俗学作为独立学科存在时，则面临暧昧甚至尴尬的窘境。

而今，"昔话"（民间故事）通常被目为既不学术、史料价值

[1]《日本民间故事》，中国民间文艺出版社，1982 年 10 月，选译了原著 240 篇中的 203 篇。

[2]《日本民间故事选》，上海文艺出版社，1983 年。

又很可疑的材料，大多时候只是儿童绘本的题材，并非成年人主要的消遣。过去十数年间，中国经历了城市化的急剧发展，随着民间故事传承者的老去、儿童被纳入城市的早教系统、乡村生活的巨大变貌，民间故事成为格外遥远的存在。城市里长大的儿童对之固然很难产生共鸣，在"非遗"评定、商业包装等影响之下，民间故事又不可避免地经历重塑乃至新创。我曾询问策划重译、出版此书的涂涂，为何会留心到这本昔话集，他告诉我，自己儿时曾读过此书节译本，印象颇深。他对"昔话"的珍视，也是对儿童与童年的温情注目，是对传说、民俗学的重新强调。因此，本书不仅适合讲给儿童听，实现"昔话"的口头传承；也适合作为河合隼雄等学者一系列研究的参考，作为理解日本人心理构造的基础读物；还适合进行横向的比较，在我们的民间传说里，寻找模式与之相似或相反的故事，由此唤起对本国民俗的兴趣与情感。在认识他者的过程中重新发现自己，在发现自己的过程里寻觅远去的故乡。

最后，需要补充说明的是，本书1983年中译本译者连湘先生当为爱新觉罗·连缵，亦作金连缵。1927年生于辽宁旅顺口，中学在沈阳度过。1944年4月曾留学东京第一高等学校理科乙类，1945年4月入伪满医科大学预科。1949年2月肄业于沈阳医学院大学部二年，赴石家庄白求恩医大病理学系读研，同年7月调回北京，在华北军区卫生部教育处出版科任翻译及出版助理员。1951年调军委总后卫生部人民军医出版社任出版助理员，担任翻译兼美术编辑，主要负责绘制及审查医学书刊插图、设计装帧等。1958年下放黑龙江省856农场，其时户籍警将名字错写成"连湘"，这个错误随后一直沿袭至今。1979年，调入中国社科院外语教研室，直至离休，1990 年聘为北京市文史研究馆官员，1995 年聘为教授[1]。据说连湘先生曾译有本书全本，不知此稿今何所在？

2020 年 12 月 15 日

---

[1] 有关连先生的履历，参考北京市文史研究馆编《北京市文史研究馆馆员传略》，2002 年。该信息蒙友人宋希於先生赐知。

下级武士的绘画日记

　　周作人曾云："日记与尺牍是文学中特别有趣味的东西，因为比别的文章更鲜明的表出作者的个性。"又因日记中往往记录种种物价、琐事而指出："日记又是一种考证的资料……这些不成章节的文句却含着不少的暗示的力量，我们读了恍见作者的人物及背景，其效力或过于所作的俳句。"[1] 不过他举出的，以日人所作日记为多，譬如《一茶旅日记》《夏目漱石日记》之类。我也爱读他们的日记，特别是一茶的。他的俳句已经足够可爱，日记内容更有意思。比如文化七年（1810）至文化十五年（1818）间写下的《七番日记》，其中佳句极多。写某日晴，有人送来一尾鲑鱼，极其欢喜。又某日买纸一叠，某日大风吹雪，在家中捣年糕。某日与妻菊女在山里割芒、拾菌、捡栗子。无不天然质朴，充满生的欢愉。

　　中国的日记与日本的日记有什么不同？陈左高曾编著《中国日记史略》，介绍历朝日记源流、变迁、特点，网罗丰赡，可为参考。陈平原云："中国古代日记虽不乏文采斐然清幽典雅者，但正宗却是文笔朴实，只'足以存掌故，资考证，备读史者之参稽'者。

---

[1] 见周作人《日记与尺牍》，收入《雨天的书》。

也就是说，中国古代日记更偏于'史'，而不是'文'。"[1]撰者身份、见闻经历等等原本就千姿百态，那么日记的内容自然也呈现出极其复杂的面貌，难以概而论之。但人们对日记的认识及价值判断，的确会左右日记的内容，某些合乎标准的日记也更容易流传、保存下来。在中国，学者、文人的日记尤受重视，撰者往往有以日记示人的意识，故而内容已经了撰者本人的拣择及着意点描，未见得是纯粹私密的个人感受。

但日本所存的日记，除贵族、文人、政治家所作之外，尚有不少普通人"手账""备忘"式的记录，毫无著书立说的意图，所关心者无外乎日用饮食、家事亲朋，读来平易可亲。近来国内译介了青木直己整理的《一个单身赴任下级武士的江户日记》便属此类。说"下级武士"，好比今天的基层公务员，他们的日记虽谈不上文学性、学术性，却记录了许多社会生活的细节。而在江户时代，还有人作"绘日记"，即如今日有人作"绘画手账"一般，在文字之外留存了宝贵的图像。今藏庆应义塾大学文学部古文书室的《石城日记》（共七卷）就是这样一部有趣的资料。

《石城日记》的作者尾崎石城（1829—1874）是幕末忍藩[2]的下级武士，通称准之助、舒之助，名贞干，号永庆、永春、华顶、襄山等，石城为字。他的生父是庄内藩[3]士浅井胜右卫，他出生于庄内藩的江户办事处。大约是次子的缘故，不需继承家业，而被过继给忍藩的尾崎家做养子。看过一点时代剧的都会知道，

---

[1]　见《中国小说叙事模式的转变》。

[2]　武藏国琦玉郡诸藩之一，今属埼玉县。

[3]　今山形县鹤冈市。

江户时代的次子生存不易，家业仅长子可继承，不像中国，诸子可平分家产。不幸未能生作长子的，早早过继给别家做养子，算是很好的出路。否则既无家产，又要倚食兄长，遭其嫉恨，可以想象度日之艰。

石城的养父不知因何事得罪上级，遭遇强制隐居的处罚，这也是江户时代武士们常见的惩罚措施，比被迫切腹当然好不少。石城家的俸禄约在100石，参考矶崎道史的研究，100石的实际收入，大概是现在的1300万日元年收入，够得上三菱商事、朝日放送等大企业的年薪标准，看起来似乎很不错。但这并不是一人的收入，还需养活一大家，包括亲戚和下属。石城的运气似乎很不好，在23岁时因事遭惩处，要求从江户办事处搬回忍藩，不久又要求迁回江户的"驻京办"，但必须禁闭家中。自然，关在江户总比赶回乡下老家好，毕竟江户人才、物资都远为丰富。禁闭期间的石城拜入画师福田永斋门下，成了江户略有名气的绘师。但在他29岁时，又因事遭罚，再被赶回忍藩，不久被命回江户，和他养父一样，处以"被隐居"的罚则，相当于禁锢在家，限制人身自由。既然是被隐居，等于家中没有了家长，那么就得收养子。但两年后养子病死，又找了一位养子——是石城的妹妹邦子的丈夫进。在名分上，这位妹婿是石城的养孙，这是日本从前独特的继承制度，也有以自己亲弟为养子的，又叫"顺养子"。

现存七卷《石城日记》，所记自文久元年（1861）六月至次年四月，正是石城第二次遭罚、强制隐居时期所作。建筑学专业出身、关注日本传统住宅的大冈敏昭对该日记有很细致的研究，出版过解说本及整理本，庆应义塾大学文学部古文书室也将全七卷内容的电子图像公诸网络，很便查考。日记绘图往往寥寥数笔，略施淡彩，却十分传神。所画最多的是酒宴、聚饮，其中最吸引我的，自然是与读书有关的片段。如文久元年（1861）六月十七日："今日拿出书案，就笔砚也。季藏习字。书成两叶。"十八日，叔父之子小弥太来，与季藏同习字，午后假眠。十九日，小弥太与友人宫崎之子铁三郎来，同习字。此二日配图很可爱，一幅是石城自己光着膀子躺在地上看书，肚皮上略搭一件衣裳，枕畔还散着两册书。一幅是两位少年对坐习字，比起大河剧里衣衫整齐、端正不苟的人物，这样的画面似乎更可信，也与今天的我们更少距离。

这一年旧历十二月七日显然也是愉快的一天："友人冈村庄七郎（甫山）来石城家中玩耍。中午吃了萝卜、油豆腐。午后龙源寺僧人猷道与书肆主人（贷本屋）来。归还《藩翰谱》六卷、《西游》四卷。留下《西游记》三篇十卷。煮洗澡水，甫山、猷道泡澡。"

画面左侧是被炉，比现代的被炉更高，棉被里架着小炭炉，石城坐在其中，边上有两册书。被炉外是光着身子的僧人猷道，应该是将去泡澡，因为边上石城的妹婿（也是养孙）进正向他挥手，仿佛说"你先去哦"。另一侧的书肆主人坐在廊下，身边有比人更高的一大叠书，包袱皮还没有完全放下，似乎用绳子缚着。书肆主人右手撑地，左手执书，似在给旁边的甫山介绍。而甫山跟前也有一函书、摊开的一册书。《藩翰谱》为新井白石所著，记录江户时代各藩大名的家系及事迹，共十二卷，史料价值很高，幕府正史《德川实纪》多有引用。虽然江户时代出版业可称发达，但书籍依然不是谁都可以购买的消费品，因此抄书、借书的行为非常普遍。"贷本屋"也随之诞生，主要经营范围是假名草子、浮世草子、滑稽本、人情本等通俗读物，也会有如这篇日记里写到的史料集与中国小说。

第五卷中，文久二年（1862）正月二日，有一幅《石城书斋醉雪楼图》，在日记所有插图中算是完成度很高的跨页小品。画面左侧正中是几案前的石城，其左侧有烤火的炭盆，桌上有摊开与合上的书、一碟点心、笔墨砚合等文房具。他身后是整齐的木制书箱，分别贴着诸如"字书""文范""画史""画谱""日笔""醉雪楼丛抄"等签条。其右架上书函累累，还有卷轴、文房具，香炉等。右侧屋柱上挂着一幅空白卷轴，其下端向后卷起，挂于柱上，形成承书之具，里面放了六七幅纸卷。据马怡《书帙丛考》[1]研究，这种以"挂壁"来存放卷轴的方式可能是一种古老的做法。文中所举明人马轼《归去来辞·稚子候门图》（局部）所绘墙上收贮卷轴的形式与此十分接近。大冈认为这是盛笔之具，许多笔装在纸筒里，如此存放是为方便取出，是石城的创意，应不准确。画上已有笔筒、笔盒，这种创意似不必要。解释为承书之具更于古有征。

值得注意的是，右侧柜子上有不少瓦当纹样，书云"仁和寺""东寺""银阁寺"，大冈认为是纪念贴纸，可能是去京都旅行时带回，又或者是友人所赠。事实应非如此。江户时代，不少金石家、好古之士有收集古瓦及拓片的爱好，或用古瓦制砚，或编有古瓦谱、古瓦集。如京都大学附属图书馆谷村文库藏有安永五年（1776）序、藤贞干编纂的《古瓦谱》。序云"其精密坚致者，遇水不堕，逢火不烧，寿同金石，亦足见古昔制度之一端也"。早稻田大学图书馆有藤贞干《古瓦谱》四卷本，与京大本所收多有不同，琳琅可观。凭借这一细节，可以推想石城的金石趣味。

---

[1] 见《文史》2015 年第 4 辑。

○ 武士笔下的书斋

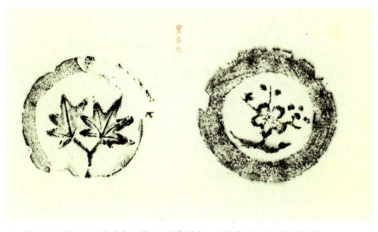

○ 早稻田大学图书馆藏藤贞幹《古瓦谱》局部，宝藏院的秋叶与梅花纹样

　　此处所列举的，当然只是《石城日记》很小的一部分。此外还有卖书、夜读、看花、养兰、醉酒、赏月、习武、听曲……种种饶富生趣的画面。有些似乎没来得及着色，只是潦草线稿，仿佛写生。而这正是日记绘画最有趣之处，没有程式的约束，毫无匠气，质朴传神地保留了无数生活切片。有些画面甚至很有《鸟兽人物戏画》的风趣，跃动飞扬的线条告诉我们，这画儿的主人必是可爱快活的人。虽然他身份低微，又屡遭贬斥。

　　明治元年（1868），四十岁的石城赶上了改朝换代的好时候。此前旧时代的惩处都告无效，他不仅被赦免，还被任命为忍藩藩校的教头，相当于校长。只是不久藩校废除，他又远赴东北，辗转仙台、宫城等地，做些类似基层税务公务员的工作。他于明治九年（1876）初客死仙台，享年四十八岁。我喜爱这部日记，因为当中宝贵鲜活的画面，恰满足我对普通人日常生活一贯抱有的关心。如不是他的描绘与记录，加上日记幸运地逃过天灾、战争的考验，这些原本极易湮失的生活史断片将永无呈现的机会。若干年后，我们这代人化为尘土，若我们的博客、豆瓣日记之类还在，后人见到，或许也会兴味盎然。因为当中有所谓官方档案文献、名人著述所未提及的大量信息，有我们普通人的欣悦与悲歌。

2019 年 7 月 7 日

　　我生也晚，最初接触的武士片是《黄昏的清兵卫》（2002），距离《七武士》（1954）、《切腹》（1962）流行的年代已过去几十年，大荧幕也早已不流行砍来砍去、血花四溅的暴力美学。不过，比起武士的风采，更让我难忘的是片中的宫泽理惠，她的微笑与哀愁令我心折不已。

　　伊右卫门绿茶饮料有一系列广告，请宫泽理惠扮演茶店女主人，本木雅弘扮演她的丈夫。宫泽理惠是东京人，在广告里饰演京都女子，一口柔软典雅的京都腔，虽是现学，被京都人评价"说得不对"，但任谁都喜欢她古典又灵巧的一颦一笑，这也是伊右卫门绿茶饮料大获成功的关键。多年来，我在超市买饮料，常常无视"绫鹰""伊藤园"，单选伊右卫门，仿佛那里藏着宫泽理惠的温柔，足见广告影响力之巨大。

　　随后看了《武士的一分》（2006），当时宣传的是从来不演时代剧的木村拓哉首度挑战武士造型。木村演绎的盲眼武士的确可圈可点，而如今留在我记忆里的，却是片中的女性角色——檀丽饰演的盲眼武士之妻。檀丽与宫泽理惠是同时代人，不过早年出身宝冢歌剧团，《武士的一分》是她第一部电影作品。

那几年沉寂已久的武士片突然迎来了难得的春天，擅长描写落魄下层武士的藤泽周平也进入人们的视野，《隐剑鬼爪》（2004）、《蝉时雨》（2005）、《山樱》（2008）、《花痕》（2010）、《小川之边》（2011）……几乎每年都有改编自小说的电影作品面世。然而沉默老实又身怀绝技的武士、温柔坚韧的女子——这种结构看多了也要犯困。"藤泽武士片"已成固定曲牌，远景推进，人物出场，说一句台词，仿佛就能猜到下一句。《山樱》在我心目中尚且算得上佳制，盛开的山樱树下，田中丽奈的笑影始终照亮全片。因而我总觉得她是古典美人，不久她在《源氏物语：千年之谜》中饰演幽艳善妒、化作怨灵的六条御息所，也令我赞叹不已。

而《花痕》则大不像样，当时二十出头的北川景子没有多少演时代剧的经验，虽绾着发髻，穿好看的和服，神情举止却仿佛现代人。2010年代之后，日本的时代剧仿佛都陷入"去古甚远"的危机，满是"现代人理解的古代"，不少潦草夸张的表演，人物亦精神大减。我接触日本文化，最初是以《源氏物语》《枕草子》之类的传统文学作品为入口，对武士精神相当陌生。时代剧也偏爱文戏，深爱的《笃姬》之外，喜欢看《葵：德川三代》的政治片段及内阁生活。一般而言，江户时代背景的时代剧总以武家价值观为中心，讲究勇猛忠义，京都公家的风雅做派往往意味着柔弱无能，要被东国人嘲笑。《平清盛》拍得虽不错，但我总受不了衣衫不整、大喊大叫的武士，偏偏喜欢颓靡阴险的贵族风采，以至于一看到平清盛登场就频按快进。

2010年还有一部题材特殊的武士片——堺雅人主演的《武士的家计簿》。主人公虽出身武家，但主要工作是给藩内做会计，压根不会舞刀弄剑。这部电影所据原著亦非武士小说，而是日本史学家矶田道史撰写的同名社科读物，是切实的历史研究，有些类似《梦醒子》《袍哥》一类的作品。所据史料是矶田在神田神保町旧书店发现的《金泽藩士猪山家文书》，关乎江户末年到明治初年三十余年间一户普通武士家庭的日用收支，如日用品之购买、冠婚葬祭等等。或许平成年代的人对于传统武士片常见的决斗、剖腹已过于陌生，而对于埋头算账的小公务员武士则很容易产生共感，因此这部电影在当年相当卖座，公映不到两周即创下逾六亿日元的票房收入，连带着原著也大卖至十万册，在人文社科类读物中堪称奇迹。

电影里的武士之家过着入不敷出、债台高筑的困苦生活，一家人都靠武士上班挣得的微薄俸禄，女人们则绞尽脑汁节约食材，安排一日三餐，偶尔还需要典卖衣裳度日。对于泡沫经济破灭后在漫长萧条期挣扎的平成一代而言，这种生活丝毫不陌生。因此媒体评价云"虽然讲的是江户末期的故事，却对现代的生活方式有着很好的启发"。遥想经济高速发展时期的日本电影，哪里会谈节约，大多极尽潇洒华丽之能事，可见文艺作品始终映照着时代风貌与心理。

同样是 2010 年，还有一部特别的武士片，《月代头布丁》。讲述一位穿越到现代的武士邂逅一位忙于工作的单亲妈妈，并为她照顾儿子的故事。这部片子里武士挥剑的功能彻底丧失，毕竟在现代社会也毫无必要，新时代的武士擅长做点心、育儿，足见这部戏瞄准的观众是女性群体。岂不闻时谚云，イケメン（帅哥）不如イクメン（热心育儿的男子）。

传统武士片里的女性角色大多是点缀，或者干脆从略。近来韩国电影《兹山鱼谱》亦有这种风采,因为正如传统武士只有男性,传统社会的知识人也只可能是男性。倒也有几部女性主角的武士片,譬如昆汀挚爱的《修罗雪姬》(1973),上户彩主演的《少女杀手阿墨》(2003),绫濑遥主演的《女座头市》(2008),不过影响力与评价远不如传统武士片。不同于男版《大奥》的华丽诙谐——观众深知这是戏仿,因为看腻了群女争斗的宫廷片,不如彻底看个爽剧,只要出场男演员够丰富、够俊美。女性为主角的武士片首先要解决"女人为何舞剑"的基础设定,还需解决"女人的剑术何以如此高明""拥有高超剑术的女武士是否还是女人""女武士的感情生活"等多重问题。正如出身名门、武艺超绝的黄蓉最终还是要嫁给郭靖,并生儿育女、助其完成保家卫国的大业;宫二要复仇,则必须斩断情爱,以青春作祭。这种世界观里,女人如要做与男人一样的事,要么与技艺同等高超或更加卓绝的男子携手同行,要么干脆成为"非女人"。而中国的武侠世界充满对"江湖"的向往,当中不乏逸出传统的丰富的女性形象;日本的武士片最初就是纯粹的男性世界,因武士精神提倡的仁义忠孝从未考虑过女性的存在。经历了幕末到明治变革的武家之女山川菊荣在《武家女性》中写道:

> 培育女性的重点是令女性虚己侍人,涵养牺牲与服从的精神。切不可看重女子,粗放养育即可。看重男子,意味着需接受父亲的严格教养;不看重女子,意味着要让女子习惯接受剩下的东西或屑末,就如哪怕是一样的食物,也要把好的部分留给男子,把边角剩给女子。
>
> 因为将女子视为差一等的生物,故而同样的事,在男子

是问题，而在女子则不成问题，只将女子视为儿童，预设她的无知，不需要她承担厨房之外的任何责任。

藤泽周平的武士系列风潮过后，直木赏获奖者叶室麟的作品也迎来了一番改编。比较有名的是《蜩之记》（2014）与《山茶花飘零》（2018），尚称得上中规中矩。改编成电视剧的《萤草：菜菜的剑》就过于平庸，主角虽为女性，但从人物设定到演绎都十分样板戏，像平成时代任何一部通俗江户片里的武家之女，天然朴素，亦不乏凛然忠诚的内核。寓意则低到尘埃里去，开宗明义就自比不起眼但生命力顽强的鸭跖草（萤草），寡淡得催眠。2017年末，叶室麟突然去世，享年六十六岁。对于这个时代的人而言，实在很年轻，没想到他的时代小说系列就这样迎来了终点。

2021年初夏，在疾病流行与奥运争议的阴影中，《浪客剑心·最终章·追忆篇》悄然上映。我到盛夏才知道这个消息，如今去影院当然不合适，好在网上很快公开了资源。我没有看过原著，也未看过此前的动画改编，只是若干年前与同学在影院很随意地看过《京都大火篇》。当时并未留下好印象，只觉得人物脸谱化，反派过于歇斯底里。而《追忆篇》开场血洗对马藩邸的场面利落至极，让我暂时收起了对当代武士片长久以来的揶揄。对完全不熟悉原著的我而言，仍可看出片中漫画改编的若干程式与痕迹，譬如女子的发型，又譬如江口洋介永恒不变的叼着烟的姿态。幸而这种痕迹带来的尴尬很快被刀刀见血、极具观赏性的打斗冲散。不过在没有原著情结的今日之眼看来，剧中的女性角色都不脱传统武士片的范畴，雪代巴对剑心的柔顺与牺牲太过符合传统道德。

剑心在祭拜雪代巴之后，对薰缓缓伸出手，仿佛献出了自己的全部——男子与女子的"奉献"不属于同一标准。生于乱世的剑心为创造全新的时代而挥剑斩人，"为了……"片中闪过几句相关台词，令人一凛，因为早知剑心的悲剧。对他而言，理想中的时代果真来临了吗？

　　当然，这不妨碍我反复回味《追忆篇》中剑心打斗的片段，并借此回忆往昔的武士片与东方武术的审美意识。久不看武士片的我竟幼稚到去网上搜索"剑心的剑术是否真实存在"的地步，并迟迟不愿接受否定的答案。

　　　　　　　　　　　　　　　　　　　　　　2021 年 8 月 18 日

夫
妇
的
姓
氏

　　日本邮局投递邮件时，原则上要求收件人姓名与邮局簿册上登记的姓名一致。倘若不能确认收件人姓名即居住者姓名，会将邮件退回。这种簿册叫"配达原簿"，是邮局自己制作的住民表，细分至末端行政单位"丁目""番地"，以及街区之下的"住居番号"。每户人家记录户主名或商号名，其下是"家族名""同居人氏名"。因此邮局每天在分寄邮件之前，首先需要对照"原簿"逐一核对收件人姓名。这种管理方法自近代邮政发展以来就逐渐成立，自然是为了提高投递的准确率，避免误寄。搬家时也可以使用邮局的"转居、转送服务"，自申请之日起之后一年内，邮局会将邮寄至旧住址的信件免费转寄至新址。今年春初搬家后，我也迅速去邮局申请转送，并在门上挂了新的姓氏名牌，方便邮递员识别。此后，寄去旧址的邮件的确都被顺利送来。

　　前些天丈夫搬家到此，也用我的地址收件，收件栏填写了自己的名字。邮递员第一次送他的邮件上门，犹豫地指着丈夫的名字问我："这是住在这里的人吗？"我说是的，他今后也住在这里。邮递员点点头，之后其他邮递员也问过好几趟一样的问题。大约过了两周，写着丈夫姓名的邮件开始直接被递进邮箱，邮递员不再特地询问，或许他的名字已被记录上"原簿"。

日本人家门上通常有名牌，日文叫"表札"，一般只写姓氏，也有写全名，其下往往罗列其他名字，看得出来是妻儿，写在最前头的当然是作为老父亲的家长。住公寓的话更注重隐私，通常门牌号下面只有姓氏。有时在博物馆或寺院看到芳名录上的署名，若是一家人，往往最前面的写全名，后面跟着的只写名字，一望而知是夫妇或夫妇领着孩子。也曾想在门上再挂一张写了丈夫姓氏的"表札"。丈夫起先说好，但想到买表札要花钱，自己做又费工夫，立刻表示不要了，"有你的足够了"。

结婚以后，好几次被本地年长的友人询问："你还是使用旧姓吗？"我说，在中国结婚不需要改姓。又问，那孩子跟谁姓？我说，从前一般跟父姓，偶有随母姓的，还有用父母的姓氏做复姓的。答案的详细程度视对方兴趣而定。无论如何，对于日本社会中年以上的普通人来说，妻子婚后不用改姓还是一件不寻常的事。

日本的婚姻登记叫"入籍"，民法第750条规定："夫妇在结婚之际称夫或妻之氏。"第739条第一项规定："婚姻据户籍法规定，提出申请后生效。"而1947年颁布的《户籍法》第74条明确规定："欲缔结婚姻者，请在申请书上记载左列事项，务必以此主旨提出申请。一、夫妇所称之氏。"

以上三则法条规定了日本的夫妇同姓制度，即提交婚姻申请时必须选择一方姓氏。据厚生劳动省2016年度人口动态统计报告可知，2015年全日本提交婚姻申请的635156对夫妇中，有609756对选择夫姓，高达96%。因此，无论人们怎么强调夫妇婚后改姓也可随妻姓，并不存在性别问题，但事实上社会一般观念里，妻随夫姓仍是绝对的主流，贵为王女的真子公主"下降"后也立刻变成"小室真子"。入籍后的种种烦琐的手续只有女性最清楚，此前的国民健康保险、银行卡、信用卡、驾照、电话卡等一切证件都需修改姓氏。就算这些行政手续是缔结婚姻的必要仪式，由此可以加深作为一家人的认同感，那么还有其他困境：离婚后须恢复旧姓，再婚仍要改姓……女性因婚姻关系的成立、破裂、再成立而不得不改变姓氏，因此避免改姓竟成为忍受家庭暴力的理由之一，也有人因为再婚改姓而彻底与从前的社交圈断绝往来。

2022 年 3 月末，日本最高裁判所（最高法院）就此前一起夫妇同姓制度是否违宪的案件作出最终判决，认定该制度合乎宪法规定。这一判决令长久以来争取引入选择性夫妇别姓制度的人们大感失望。

此案最早于 2018 年 5 月 10 日提诉，通称"第二次夫妇别姓诉讼"。此前还有另一起同类诉讼，即"第一次夫妇别姓诉讼"，2011 年提起诉讼，2015 年最高裁大法庭判定"合乎宪法"。第二次夫妇别姓诉讼的原告是四对事实婚夫妻，向管辖地区政府提交婚姻申请时，拒绝在申请书上选择夫妇一方的姓氏、坚持各自本来的姓氏，因而婚姻申请不被受理。

原告方认为，日本现行民法、户籍法规定的夫妇同姓制度违宪，提出国家赔偿请求，要求引入选择性夫妇别姓制。具体援引的宪法法条是第 14 条第一项规定的"所有国民在法律上一律平等，无分人种、信条、性别、社会性身份、门第，在政治、经济、社会性关系上不受区别对待"，以及第 24 条的"婚姻仅基于两性合意而成立，夫妇必须以享有同等权利为基础，互相协作，维持关系。有关配偶之选择、财产权、继承与住所的选定、离婚与婚姻家庭等相关的其他事项，法律必须立足个人尊严与两性本质的平等而指定"。原告方同时还主张夫妇同姓制度违反国际人权公约。

原告四对夫妇分别在东京家庭裁判所本厅、立川支部和广岛家庭裁判所提起诉讼。2019 年 3 月下旬，东京的两处法院同一天作出初审判决，认为夫妇同姓制度不违宪，也没有违反联合国的《国际人权公约》和《消除对妇女一切形式歧视公约》。具体言之，法院认为民法规定夫妇同姓是婚姻效力的体现，但即使有人不适用现行婚姻制度，也不能直接得出结论认为法律歧视对待个体。作为婚姻效力及要件的夫妇同姓制度是否恰当，是有关婚姻的法律制度内容该如何制定、制度建构是否恰当的问题，超出了法院讨论的范畴，应交给国会讨论。这是日本司法消极主义的体现，日本宪法虽规定最高法作为终审法院有违宪法令审查权，但事实上最高法极少行使这项权利，学者称之为"极端的司法消极主义"。 另一方面，许多期待夫妇别姓制度的人则希望最高法的判决可以推动国会修法。最高法的消极与国会的观望形成稳定的平衡，想要往前迈进一步，往往需要法律从业者、学者、民间人士、在野党等多方力量的努力与长久不懈的坚持。

判决同时表明，夫妇同姓制于明治三十一年（1898）确立，"已是日本社会的定规，姓作为家族称呼有其意义；在现行民法下，家族也被看作社会自然且基础的集体单位，统一称呼有其合理性"，"民法 750 条规定的夫妇同姓制度本身并不是男女之间存在形式上的不平等，夫妇选择一方姓氏，是即将成为夫妇的人自行协议而作出的自由选择"。2019 年 9 月末，广岛家庭法院也作出相似的判决。原告不服一审判决，向上级法院即东京高等裁判所、广岛高等裁判所提起上诉，2020 年 1 月，东京高裁二审驳回上诉；同年 10 月，广岛高裁也驳回上诉，维持一审判决。

2021 年 6 月 23 日，最高裁判所大法庭再就此案作出决定，15 名法官中有 11 名认为夫妇同姓制度合乎宪法，故驳回上诉。而 15 名法官中仅有 2 名女性，因此不少人产生了朴素的愿望：如果法官中女性比例更高些，结果会不会有所改变？

以我熟悉的教育、研究环境为例，老一辈女性学者婚后往往改姓，而那时留在学界的女性本来就极少。也有不少学者选择事实婚，不提交婚姻申请书。但事实婚有不少法律上的问题，如手术时无法给伴侣签字，也无法在没有伴侣遗嘱的前提下继承遗产。近年，越来越多的女性研究者婚后只在户籍上改姓，日常与研究生活中仍使用本来的姓氏。研究者的性别平等意识固然稍微高些，但还有不少保守的公司以行政管理手续繁杂为由，不允许女性职员婚后继续使用旧姓。

曾在推特上见到一位女性学者贴出内藤湖南夫妇墓碑照片，碑文是"湖南内藤先生、夫人田口氏"，以此说明从前的学者如此尊重夫人的旧姓、儒教的家族观也比日本明治以来的家族制度先进。这位学者对儒教家族观的赞许当然在特定的语境之下，毕竟相邻的儒教大国韩国民法典直到 1999 年还坚持禁止同姓同本的婚姻。日本已有不少学者利用历史文献、墓碑实物探讨江户时期的夫妇姓氏问题，认为夫妇同姓制的成立是因明治年间"家制度"的确立。说到底，从前日本的平民不能使用姓氏，规定必须用姓氏也是明治以后的事。自民党内有一位难得的、明确支持选择性夫妇别姓的议员野田圣子，她曾强调，"现行日本法律几乎都是在明治时代的法律之上修改而来。这些法律基于明治的价值观，到如今的令和年代仍然继续沿用，产生有矛盾与盲点"，"应通过立法向蒙受不利与不自由的人们伸出援手……应积极改革不合时代的法律"，"有人担心立新法就会'破坏日本的传统'，但很多都只是把明治时代的价值观误解为'日本古来的传统'"。都可称切中肯綮之论。

平常散步墓园，的确会看到不少江户时代保留妻子本姓的合葬墓碑，如金戒光明寺中岛棕隐夫妇墓上镌"文宪中岛先生／清心前川孺人"。南禅寺归云院堀杏庵墓之右是夫人墓碑，镌"贞顺孺人茅原田氏墓"，亦保留夫人旧姓。滋贺高岛市玉林寺内有阳明学者中江藤树墓，其旁有母亲的墓碑，云"中江德右卫门妻北河氏墓"。这类儒者墓多遵循《朱子家礼》，保留配偶原姓，强调其父系出身。很少能在过去的墓碑上看到女性的全名——夭折的孩子们倒有如露如电的凄婉戒名。金戒光明寺内有"玉澜墓"，是南画家池大雅的妻子，旧姓德山町，通称池玉澜，墓碑上仅有名而无旧姓。金戒光明寺内还有一处墓碑令我难忘，是江户前期学者山崎闇斋家的墓园内，有"小三娘之墓""於玉娘之墓""於鹤娘之墓""於爱娘之墓"，是闇斋的姐姐与侄女。早逝使她们不必与夫家同葬，意外地保留了名和姓，尽管这在江户时代也是非常少见的墓碑形式。

最近的参议院竞选活动中，"选择性夫妇别姓制度"也成为各党公约的要点。其中，日本共产党对此最为重视，强调要"立刻导入"。立宪民主党、公明党、社会民主党、国民民主党、令和

○ 京都法然院内藤湖南夫妇墓，碑上写着"湖南内藤先生，夫人田口氏"

新选组等党派均表示要"实现"、"尽早实现"或"推进"该制度。明确维持原有同姓制度的是日本维新会，但也提出了制度创设的目标，"在使用旧姓时赋予一般性法律效力"。而自民党则避开锋芒，只强调"实现所有女性可以发挥光彩的社会"，从经济、就业等角度切入性别平等的问题。

有意思的是，2022 年 3 月 25 日，日本内阁府公布了一项有关引入夫妇别姓制的舆论调查（问卷形式，2884 人回答），要求引入的占 28.9%，维持现有制度、设置以旧姓作为通称使用的法律制度的占 42.2%，坚持维持现有制度的占 27.0%。网上的保守派雀跃欢喜，说这才是民意，传统家族制度不容倾覆。而时任"女性担当活跃大臣"的野田圣子则公开批评这项问卷调查的设问"非常难懂，不负责任"，"搞不懂什么叫'设置以旧姓作为通称使用的法律制度'"。

据最新统计数据，2021 年度日本结婚对数为 514242 对，再次更新了 2020 年度的"战后婚姻数最低值"。随着结婚率的持续降低，夫妇同姓制度可能会自然消亡——结婚都不必谈了，还谈什么夫妇认同、家族羁绊、坚持传统？最近几年，民间保险公司、通讯公司都对事实婚用户提供了不少方便，比如通讯公司的"家族号码"，以前只有一家人才能用，最近只需要提供住所一致的证明即可。我带丈夫去办家族号码时，通讯公司的青年笑眯眯地说，你们的身份证明文件上登记的地址一样就行，我因而得到了每月几百日元的优惠。这项策略很符合时流，很多伴侣本来也是出于节约房租、互相协助等实用目的而住在同一个屋檐下。人与人的爱和羁绊不会轻易崩坏，不合理、不平等的制度才会最终走向瓦解。

　　最近某个休息日的午后，有一位老人上门推销报纸。开门后竟道："夫人你好，你的丈夫在家吗？"我问："有什么事？跟我说就行。"对方开始做广告，又问我是不是这家小姐。我只好说："我是家主。"老人一脸错愕，正在厨房收拾的丈夫在我身后探头张望——目睹这一切的老人会不会感慨世风日下？

2022 年 6 月 20 日

照
护
与
送
别

　　京都有众多大学、研究所，称得上学问之都。曾听一位老师说，有不少大学教授在北部的高尚住宅区安家。他们的太太多在附近私立大学担任秘书、教务之类的行政职位，又或在某间大学教一两门课，所谓的"非常勤讲师"（part-time instructor），作为优雅的兼职。而在半个多世纪以前，有一位京大助教授的妻子却坚决拒绝了"教授之妻"的身份，让丈夫独自来到京都工作。这就是京都大学法国文学专业出身的作家高桥和子。或许应该强调，高桥是她婚后所冠夫姓，在那之前，她姓冈本。

　　高桥和子在日本不算知名作家，人们提起她，总不忘补充一句"丈夫是作家高桥和巳"。然而高桥和子是"二战"结束后、日本学制改革之初非常罕见的、考进国立大学的女生。比高桥和子晚生十六年的上野千鹤子在考大学之前，还被母亲说"女儿念个短期大学就足够了"，因为当时大学毕业的女生不容易结婚，也非常难找工作。那么，上野千鹤子的前辈高桥和子又经历了怎样的学生时代？与高桥和子同样生于1932年、同于1950年考入京大文学部的东洋史学者小野和子曾回忆：

我入学那年，1500 来个学生里，女生只有 28 人，其中文学部有 15 名。因为是新学制刚开始的时候，真的只有非常少的女生考进来。我想着好不容易才考进男女合班的学校，就不要有自己是女生的意识了，于是一路走了下来。[1]

1954 年，小野和子本科毕业，顺利通过公募选拔考试，进入京大人文科学研究所担任助教，随后晋升讲师、助教授，在中国史、女性史研究领域奉献一生，如今依然健在。高桥和子这年三月提交了本科毕业论文《波德莱尔论》，也顺利毕业。不过她并没有像小野和子那样走上学术道路，同年 11 月 13 日，她与高一届的师兄高桥和巳结婚了。

高桥和巳本科时留了一年级，因而与和子同年毕业。不过随后他升入研究生院，研究魏晋南北朝文学的同时，也进行文学创作。为了维生，他在大阪一家夜校打工，教国语课，新婚夫妇便搬到了离工作地点比较近的小公寓。和巳一人的收入难以维持家计，和子也打很多工，做家庭教师，教她很擅长的英语和法语。

那间公寓非常狭小，六叠的居室内有一叠被抬高，是战后日本复兴年代新建样板间的常见设计，为了安置婴儿床。和巳则在那里堆满了书籍。他一周要去京大两到三次，其余时间白天都在家里伏案工作，晚上去夜校教书。不过夜校的工作只维持了不到一年，1955 年春天，和巳辞去工作，夫妇二人没有继续在大阪租

---

[1] 小野和子、上野千鹤子、伊田久美子的对谈《作为女性，作为研究者》(《女として、研究者として》)。

○ 1954 年 1 月，高桥和巳在
京大文学部

○ 小野和子

○　1955 年，新婚不久的高桥和巳与和子

房住的理由，又搬回京都，住进了和子的娘家。

和子是京都人，父亲是公务员，母亲是家庭主妇，虽不是名门贵族，但也算得上中产之家。而和巳的出身要贫寒得多，他生于大阪，父母祖上都是香川乡下的农民。父亲多病，家里兄弟姐妹众多，母亲是虔诚的天理教徒——天理教信众多为贫苦百姓。家人甚至一度不想让他考大学，因为没钱交学费。日本传统家族制度为长子继承制，长子之外的儿女并无财产权，对贫寒的大家庭来说，读大学过于奢侈。是和巳流着眼泪哀恳，受到触动的长兄向母亲许诺以后一定挣钱给弟弟念书，家人这才放他去考试。先是 1948 年 4 月考入旧制松江高等学校文科乙类，次年旧制高校废除，他重新考入学制改革后的京都大学文学部。

不过"忧郁"更是出于高桥诗人、作家的天性，与他同一年考进京大文学部的小野信尔（也是小野和子的丈夫）选择了更激烈的方式——"革命"。小野信尔本科时反对日本支援美军在朝鲜的战争，上街发抗议传单，违反了驻日盟军总司令部（GHQ）的占领政策，被逮捕判刑。直到 1952 年《旧金山和约》生效，盟军结束占领日本，才被释放。返校后继续读书，走上了研究者的道路，研究重心是近代中国的革命，比如辛亥革命和五四运动。

比和巳年轻一岁的和子似乎没有这种新旧学制更替的"忧郁"，因为她是从新制高中考进新制大学。她与和巳初见，是1953 年夏末。那时她忙着找工作，四处投简历，当时战后复兴期的就职黄金时代尚未到来，大学生找工作非常不容易。她去大阪的 NHK 投简历，碰巧遇到了同样来投简历的和巳与他的同伴。这位同伴是和子同专业的师兄，他向和子介绍："这是中国文学专业的高桥和巳。"

多年后，和子依然感慨初遇的奇缘，若不是与这位师兄认识，若不是碰巧同一天出来投简历，若不是认识了和巳，那么她的生命历程恐怕要改写。和子在回忆里明言对和巳的一见钟情，因为他是一位"非常俊美的青年"，很高的个儿，极清瘦。并遗憾他成名后的照片已是中年模样，脸上长了肉，"很少有人知道，我的丈夫是那样的俊美青年"：

> 那是融合了美貌与哲学性的纯粹的容颜。眼睛清澈澄明，仿佛超脱了世间的一切。这里用了"哲学性的纯粹"的形容，若是理学部等专业出身，则可以说是"数学性的纯粹"。反正不管是什么专业，沉浸于某种抽象性思维的人，若碰巧长得美貌，就会出现那样的容颜。当时人们称大学是象牙塔，符合象牙塔居民形象的有几种类型，而我说的正是其中一种。[1]

和子在女高时代就幻想过自己以后要嫁给作家，据说是因为迷恋太宰治小说里作家之妻的形象。《维庸之妻》里的作家酗酒、欠钱、出轨，而他温柔忍耐的妻子来到丈夫欠钱的酒馆做工还债。为何会主动代入这样悲惨的角色，和子也认为自己过于极端，或许只是文学少女中二时代的幻梦。而和子对和巳样貌与才华的倾倒，则无疑是因朦胧的少女之梦有了切实寄托的对象，尽管她很快在婚姻生活中体会到和巳对她的粗疏与剥削。

"剥削"是与她隔了几十年的我擅自使用的词汇，她一生都没

---

[1] 高桥和子《相遇》（《出会い》）。

有用这样激烈的词汇形容过和巳与她的相处，而是静静描述婚姻生活里的细节，男性占绝对主导地位的文学评论家、作家们绝对不会关心或提及的事：和子为和巳誊抄小说文稿，整理口述笔记，处理各种工作杂务；和子在外打工回来，和巳径自拿了和子新得的工资，开心地说可以去泡温泉了，随后独自离去，丝毫没有想到应该带上和子；和子在外打工，不事生产、专事创作的和巳在家酗酒、大睡；和子与和巳约好一起吃晚饭，和巳拿着家中仅剩的晚饭钱独自去了酒馆……

和子写过两本关于和巳的回忆录，在晚年的日记里也时不时提及和巳。而和巳的二十卷全集本中，讨论了中国古典文学、读书启蒙、学园斗争、理想破灭、战后思潮……无数宏大与细微的问题，提到和子的部分却很少，这使得"和巳眼中的和子"颇难考察。和子曾回忆，和巳对于他们二人的婚姻十分欣喜，认为这是"中国式知性与法国式知性的结合"。我相信这是和巳说出来的话，非常符合他理想主义者的思维模式。

1956年，就职不顺利的和子重新回到京大，考入文学研究科法国文学研究专业的硕士班。这一年，和巳提交了硕士论文《颜延之与谢灵运》，升入博士班。两年后，和子硕士毕业，毕业论文题目是《莫利亚克论》。经历了研究生院训练的和子确认自己比起做研究，更憧憬文学创作。当时的日本，京大硕士无疑是社会精英，按说并不难找工作。而和子却因已婚女性的身份处处碰壁，有一次考过了神户某法国商船公司的笔试，到面试环节，考官说："已经结婚的话，从事去外国的业务是不是有困难呢？"她当时如何作答？

"而那时候，我非常看重我的丈夫。"晚年的和子在日记中淡淡回忆，当时和巳已去世多年。

求职失败的她只好继续打工养家。这一年，和巳自费出版了小说《舍子物语》，并参加了吉川幸次郎、小川环树主持的"中国诗人选集"译注项目，负责《李商隐》一卷。

1959 年，和巳修满博士课程的学分，提交了博论《陆机的传记及其文学》，"满期退学"，没有拿博士学位。这在博士号非常金贵的年代是常事，当时很多教授都没有博士学位。不过和巳显然无意走学术道路，并没有主动找教职，而开始在文学刊物上连载小说。立命馆大学文学部长奈良本辰也欣赏和巳的才华，将他招进立命馆担任非常勤讲师，教授现代中国语和文学概论课。和巳算是进入了学术圈，但他游离于组织之外，很少参加教授会，更多的精力放在了文学创作上。这在今天恐怕是很难想象的事，但当年奈良本辰也给了他很大的支持，允许他不参加行政事务，期待他在学术、创作领域都有收获。

和巳没有让师长等待太久。1962 年，他的小说《悲之器》获得第一届"文艺奖"，意味着他正式被文坛认可，真正进入了作家的世界。和子陪他一起出席颁奖典礼、出版纪念会，被尊称为"和子夫人"。"作家之妻"的梦想实现了，更妙的是还得到了 30 万日元的奖金。

在这之前，他们毫无存款，每个月都为吃饭苦恼。和巳频繁去当铺，坦然地跟催债的人说"我没钱"。和子回忆："1955 年辞去夜校讲师，到 1960 年担任立命馆大学非常勤讲师为止，他没有挣过一分钱。因为自己要做作家，所以毫无理由靠做无聊的事赚钱。"和巳终于靠不无聊的事赚了钱，《悲之器》很快被 TBS 改编成电视剧，NHK 也找他写广播剧，电视大学找他开"现代小说的课题"的讲座，一时成为文坛、学术界的明星。

和巳在文学上的成功让和子看到了新生活的希望，她渴望去文艺生活更丰富的东京，开始尝试练习小说，并接触到文艺圈的种种名流，拜会了一直敬佩的作家的远藤周作。也给几个文学奖项投过稿，但都落选了。

1964 年，和巳辞去立命馆大学的工作，决心到东京专心从事文学创作。次年，夫妇二人买下镰仓的一栋旧楼，搬离了京都。在和子的文章里，不止一次提及对京都的厌恶，认为那是男尊女卑的封建世界，男人们无视艺伎和酒吧妈妈桑之外的一切女性。她没有明说"男尊女卑"的具体情节，而和巳则评价过"京都是文学的不毛之地"，认为这里的学问虽然有远远凌驾于东京的部分，但在文学创作方面近于空白。并有一句耐人寻味的玩笑：

> 京大极严格的实证主义学风与文学青年的气质非常不合。如果让太宰治到京大中国学专业来念书，恐怕在他文学创作方面取得成绩之前就已经自杀了。

种种证据表明，和巳是纯正的文学青年，他选择中国文学专业的原因与仓石武四郎、吉川幸次郎等迷恋中国传统学问的前辈不同。和子回忆云：

> 他曾明确对我说过：轻薄之徒都去念了法语，我是要去学中文的。他用了这样的表达，而如今我想的是更为宏大的理由。比起风起云涌的文学之海——那是强烈的近代式的自我的产物、会将他不确定的"自我"愈加深化扩大，他更想

○ 高桥和巳在镰仓家中

把不确定之自我固定于悄然流淌着悠然壮阔的思想的中国文学中。[1]

新婚之初的和子曾拍过一张和巳夜读的照片，穿着旧和服，执细毛笔在灯下以朱墨圈点汉籍。这是被"京大极严格的实证主义学风"熏陶的和巳，到底与他玩笑说的太宰治不同，已熬过漫长的试炼，因此不会轻易自杀。

1966年，和巳被明治大学文学部聘为助教授，担当六朝文学、日本文学的讲义与日本文学的演习课。这份工作只做了一年，因为在1966年末，即将退休的恩师吉川幸次郎决定请他回京大文学部中文专业担任助教授，并请小川环树亲到镰仓，"三顾茅庐"地请和巳回京都。

这种稀少的"指定接班人"式的荣耀，在京大中国学领域的其他师徒之间，已有不少佳话。然而对和巳来说却充满矛盾，一方面他在文坛出道，得到东京方面文艺界名流的诸多支持，比如著名的编辑、《文艺》杂志的总编坂本一龟。坂本对和巳寄予厚望，曾经是三岛由纪夫的伯乐，他还有个非常有名的独子，即坂本龙一。还没有写多少作品就回京都，等于是背叛了东京的文艺界。因而坂本一龟大怒，说他回京大等于"坐上了安全晋升的传送带"。另一方面，当时苦于神经衰弱的和子根本不想回到"男尊女卑风气严重"的京都。

1967年正月，和子直接给吉川幸次郎电话，非常强硬地说，擅自把好不容易来到东京的和巳拉回京都，我觉得很困扰。我不

[1] 高桥和子：《住在一起，许多居所》(《いっしょに住んだ、いろいろな住居》)。

会去京都，我要跟他分开住，分开住可能导致离婚。

"以中国伦理护身的大学者说：夫人，请不要说可怕的话。"

——和子这样回忆吉川幸次郎的反应。这大概是世上所有关于吉川的回忆里最冷漠揶揄的片段。

在"京都中国学"的传统与魅力之前，和子的抵抗与东京文艺界的挽留与反对黯然失色。换言之，京都中国学的风气浸染在和巳骨血里，他走得再远，都不能逃离这种咒语般的召唤。和巳曾剖析自己对文学创作和学术研究的感受与身处其间的撕裂感：

> 写一页文章，好比在肉体上钉一枚五寸钉。做学问虽辛苦，但可以收获切实的积累之感与进步之感。与之相比，创作中时常有直面虚无的劳作，然而其中也有无可替代的自由天地。一旦尝过这样的滋味，作为自由的代价，就会被刻上一生无法磨灭的罪恶烙印；想要从当中完全逃离，恐怕是不可能的。[1]

和巳不久便答应恩师回京大工作。未受儒家伦理洗礼、代表"法国式知性"的和子确认过这点，立刻在这年春天独自去法国散心，并一直住到了9月末。妻子的出走令和巳非常震惊，没有人帮他打包书籍，也没有人帮他用报纸包好杯盘碗盏，得独自去京都找房子……这一切都令他痛苦。

就在和子漫游欧洲的时候，和巳受《朝日周刊》之邀，以特派员身份访问了中国。他们第一站到香港，随后是广州、上海、

---

[1] 高桥和巳《乐园丧失》。

南京、天津，最后抵达北京。这是和巳第一次也是最后一次来到中国，是他早已在古典诗歌中想象了无数次的国度，虽然眼前的风景已与古诗里的有所不同，但他怀着深切的爱眷和好意看待这一切。并买了当时流行的军装、军帽作为纪念，有些羞涩地穿在身上。

回日本后，他写下了《新长城》，在《朝日周刊》上连载了四期。这年6月，他入职京大文学部，成为助教授，借宿于京大农学部东侧的北白川追分町六号。

他度过了一段非常自律的生活：每天早上到研究室工作，晚上回宿舍，三餐都在学生食堂，闲来与师友喝酒、谈论学问。有一阵与后辈约好每天早上爬大文字山，下山后埋头苦读文献，以辩经式的讨论诘问彼此的思考所得——再传统不过的京大生活，令人联想到松下村塾甚至更久远的读书人风貌。和巳感慨，小说是孤独的，狂躁的，病态的；而这段日子过于规律、端正，某种意义而言，是与创作切断了缘分。

好在这种"绝缘"并不可怕，幽深的学问之海足够收容他的绝望与不安，只可惜书窗外早已不宁静。

1969年初，学园斗争的烈火从东京蔓延至京都。或许是平民之家出身的天然立场，或许是经历了新旧时代剧变的知识人的自觉，或许是此前在中国已亲见了革命并对之有某种朴素的好感，和巳毫不意外地站在了支持学生抗议的立场上。他认同学生们否定权威的立场，认为战后日本高等教育的机构与制度都存在需要改变之处，教授会不应做闭门密谋的保守团体，而应该积极和学生对话。作为文学部最年轻的助教授，又是声名在外的青年作家，他很自然地把自己放在沟通学生与教授会的"桥梁"位置上。他

○ 1967 年 4 月 22 日，高桥和巳
在长城

○ 学园斗争时代的京都大学

亲眼见到流血受伤的学生被大学医院冷漠对待，以致延误病程。医院的权威让他联想到教授会的权威，他为此感到痛苦与羞惭。

不过他的努力与现实的走向很快出现矛盾，因为他的思想支柱并非政治，而是文学，且有某种过度理想化的天真。某日，有学生从他这里问到了原本保密的教授会临时召开地点。次日，大批学生涌入教授们暂时潜伏的教会，大举抗议。谁泄露了会场信息？教授们很容易就锁定了公开支持学生的高桥，私下找他询问。高桥意识到自己在这小小的共同体里已难立足，既为自己在教授会的"叛徒"身份羞愤，也悲哀地发现自己轻易被学生利用。

身心俱损的和巳向大学提出辞职，"我的神经陷入'被粉碎'的状态，胃部伤损，老毛病痔疮也不断恶化"。1969 年 10 月，他在京都病倒，很快回到镰仓。虽多番就医，却未确诊。次年 4 月中，因腹部剧痛住院，最后在东京女子医大消化器疾病中心确诊为结肠癌。和子向和巳瞒住病因，期待手术可以痊愈。术后的和巳确实大有好转，但这年 12 月，癌症复发，癌细胞转移至肝部，和巳再度入院。

和子往返于东京、镰仓之间，无微不至地照顾和巳。种种权衡之下，她决定向和巳隐瞒病名，只有极少数至亲知道。

去医院的途中，她给和巳买各种好吃的。甘栗、杂煮、豆腐、煮萝卜、寿司……有时是从家里煮好蔬菜锅带来。病程进展迅速，敏感的和巳觉察出死亡临近，却仍想着等出院了，跟和子一起搬到阳光充足的屋子里去住。卧病时最爱看旅行、园艺、钓鱼之类的杂志。

"病好了的话，想一整年都不工作，想去钓鱼……若是病好了的话……"

和子记录下他的心愿，在病房里当着他的面联系了好几家不动产公司，询问一些房子的具体信息，仿佛离出院搬家的梦想更近了一些。

春天来了，和子隔三岔五买来花束。桃花枝，白色郁金香，白水仙，大捧雪柳枝，绣球花。季节悄然变换，和巳的生命逐渐透明。

"想在院子里种树、养鸟，一直休息到四十四五岁……谁也不见，静静过日子……"去世一个多月前，他向和子描述理想。

去世前一天，他痉挛、呼吸困难、极度贫血，陷入漫长的昏迷。埴谷雄高与坂本一龟来探望，带来了康乃馨与芍药。他们是东京方面给了和巳最多支持的前辈、挚友。

1971 年 5 月 3 日深夜，和巳去世。1973 年 7 月，坂本一龟主持的《文艺》做了高桥和巳追悼特集，和子公开了《临床日记》，从 1970 年 12 月 21 日和巳病发住院，记录至临终，最后一段是：

> 时近深夜，呼吸突然拉长，气息逐渐微弱，乃至气绝。十时五十五分。不知道自己的病名，梦想着不可能的时间，丈夫的生命就这样结束了。是安详的样子。

像梦一样，和巳结束了四十年的生涯。就在前一年 11 月 25 日，人们才经历了三岛由纪夫的自杀。和巳在文学界固然没有三岛由纪夫的盛名，但他一度也被视为与三岛齐名的文坛双星，有过交流与对谈。小川环树在回忆文中直指和巳的死也是某种形式的自杀，死于理想与现实的冲突，死于意欲承担知识人责任的重压。他后悔自己的"三顾茅庐"，而一切已晚，这是和巳不同于学院内学者的宿命。

"斯人也，而有斯疾也。"和巳敬仰的恩师们，引用这句儒家经典惋惜他。

学者戴燕在《高桥和巳初论》中提到，20世纪90年代初，她访学京大文学部之际，邂逅了《高桥和巳作品集》。她惊讶云：

> 高桥和巳曾在京都大学的中国语学文学研究室、这个始建于1906年的日本最著名汉学研究及教学机构里任过教职，可是，他的名字却从未出现在我们熟悉的中国文学家的系谱里。他又是享誉一时的作家，可是，当他的同代人大江健三郎获得诺贝尔文学奖的时候，他的小说，即使在日本，也几乎无人问津。

这篇文章也是中文世界很难得的对高桥和巳学问与人生的介绍。我知道和巳，是在《吉川幸次郎全集》中读到一篇短短的《高桥和巳哀辞》，也用过他翻译的《鲁迅文集》。真正产生兴趣，却是在读到和子撰写的回忆录之后。和子对京都、京大露骨的反感与愤怒在我看来非常新鲜，唤起我追索旧事的好奇。和巳对母校有信仰般的崇拜，毫无抵抗地回到了她的怀抱。而他很快发现，这信仰充满幻象，精致的学问之下分明有身份制社会的残滓。他不赞同暴力，也无法置身事外，因而只有割肉剔骨的"解体"一途，并发问：

高橋たか子

高橋和巳の思い出

構　想　社

○　《回忆高桥和巳》封面（高桥和子著，构想社，1977 年）

学问到底是什么？

很多年后，和子依然有对"把高桥卷入政治的、喜爱热闹的年轻人们"怀有愤怒。而她自己的文学创作在和巳去世后，却迎来了井喷式的发表与出版，陆续获得芥川奖候补、泉镜花奖、女流文学奖……她真正成为了梦寐已久的作家，而不仅是"作家之妻"。

她本名和子，日文训作たかこ。或许是不想与和巳的名字重合度太高，出道后的署名都是"高桥たか子"。成为作家、获得声名并没有安抚她的创伤与失落——和巳的死对她而言无疑是巨大的创伤。

昔日和巳面对内心极度的痛苦时，习惯反复念诵《论语》中"如之何，如之何者，吾末如之何也已矣"。而儒学本来就不为救人，和巳被"中国式的伦理"（和子语）所困，并未得救。具备"法国式知性"的和子选择了怎样的解救方式？

1974 年夏，她前往法国、意大利散心。11 月，经远藤周作介绍，认识了天主教东京教区的祭司井上洋治，每月去上两次宗教课。1975 年，她去北海道女子圣衣会生活一周。8 月 5 日，在东京目黑区某修道院，由井上神父施洗，皈依天主教，教名玛利亚·马达肋纳。担当教母的是远藤周作的夫人顺子，一位慈爱温柔的"作家之妻"，比和子年长五岁，今年年初以 93 岁高龄去世。

走上信仰之路的和子依然保持活跃的创作，并开始翻译法国文学作品。1979 年，她在东京接受坚振礼[1]。次年 9 月，独自前

---

[1] 基督教的一种礼仪。

往巴黎，住在圣婴耶稣爱德教育修道会，并在巴黎神学院典礼音乐部学习管风琴。

去巴黎后，她暂时不再写作，因为再多的创作，再多的奖项，都无法给她安慰。她在京都衰病的老父请她每年务必回日本两次，因而 1982 年至 1984 年，每年 2 月和 8 月都会回一趟日本。此外时间全在巴黎修道院学习管风琴，每日祈祷、弥撒、阅读、住极朴素的窄室，潜心过隐修生活。据她回忆，那是一生中最安详幸福的岁月，"抛下以前的一切，成为无名之人"。她喜欢典出《斐理伯书》的 se dépouiller de soi-même，"空虚自己"，她翻译成"像落叶一样渐渐舍弃自己"。

她年轻时喜欢好看的衣服，迷恋俊美的青年，喜欢喝酒、吃好吃的；由"作家之妻"蜕变为"作家"；又舍去浮名、遁入静寂，可以说这是她一生经历的三个重要阶段。1984 年夏，她回京都后，父亲病重。她陪伴在侧，在 9 月送别了父亲。

虽说决意减少创作，但往返巴黎、日本的几年里，她还是写了一些小说，并获得第十二届川端康成文学奖、第三十七届读卖文学奖。

1987 年，她卖掉镰仓的旧家，全额捐给经济困难的北海道女子圣衣会，用的是高桥和巳的名义。她辗转于几个修会之间，想要正式成为修女。因为在巴黎很难解决签证问题，她考虑回日本的某间修道院。"因不习惯日本的环境，辞去该修道会。"她在文章里简单总结，虽不知具体何处不习惯，但可以明确的是，她曾经想逃离京都，和巳去世后则要拼命逃离日本。她想追究和巳之死的责任，发现敌人不是某个人，而是整个日本的环境与文化，没有人可以负责，人们以集体的名义成功隐身。

高桥和巳生前与老师贝冢茂树有过一次对谈，由日本人的性格论及"逃往何处"。日本是岛国，无处可逃，故有某种自然的向心力。贝冢想逃去古代中国，又或美洲大陆。高桥没有说他的答案，不知是否预知到未来面临的绝境。

1990 年，和子的母亲老病交加。她回到母亲身边，以献身般的热情照顾母亲——也许这是她新的修道之途。

照护与送别，似乎成为了和子的宿命。2000 年，她的母亲高龄去世。三年后，她住进了神奈川湘南地区茅之崎的付费养老院，那里可以看到美丽的海岸。她时常去海边散步，沉迷于周而复始永不停歇的海浪。潮水退去，沙滩被抚平，留下无数细小的白色微泡。她喜欢这短暂的瞬间，仿佛世界消失、神灵显现。

她对养老院的生活很满意，令她想到在巴黎修道院的岁月：

> 在修道院里，人们超越了生和死的界线。而在这里，大家都在等待着共同的死。超越了血缘、利害的关系。（2004年 1 月 16 日 ）

这一次是她准备送别自己。她加入日本尊严死协会，准备好葬礼时穿的衣服——从前在巴黎穿过的修道服，事无巨细地规划死后的细节。如何处理藏书，如何处理和巳与自己的手稿、作品，如何处理环绕身边的每一件杂物。

除了在巴黎修道院的那几年，每年 5 月 3 日，她都会独自纪念和巳。摆出照片与白色牌位，以庭中野花数朵作供。他先走出去很远，她后来选择的信仰告诉她，他们死后还会相见。她纪念的不是文学或学问世界的人们心中的和巳，而是作为她丈夫的和巳。她不满世人对和巳的种种解读，忍不住写点什么，有时遭遇恶评，以为她要独占和巳，而不管他们也把和巳推上了孤独的舞台。

养老院时代，她写了好几本书，包括她去世当年，由私淑弟子、著作权代理人铃木晶整理出版的《临终日月》，是从 2006 年写到 2010 年的日记。开篇说：

> 现在我 74 岁，但我是没有年龄的，总觉得自己才 46 岁。啊不，那就 48 岁吧，是 1980 年决然去巴黎的年龄。因为从那时起，我就不在了。

2013 年 7 月 12 日早晨，和子突发心脏病，倒在养老院的台阶上，平静去世。收到消息的铃木晶按照和子生前的安排，联系了东京四谷的圣依纳爵天主堂，并遵嘱低调举行葬礼，仪式结束后才联系各大报社。

她葬在富士灵园，是早先和巳去世时，埴谷雄高推荐的地方。墓园可以看到富士山，园内覆盖着火山灰，"干燥且清洁"。

当时墓石上只写了高桥和巳的名字，是埴谷雄高所书。后来她想着，若当时请埴谷把自己的名字也写上去呢？但那时还没有想到自己的死。墓园管理者告诉她，旧石上已不能再刻新字。她想："那就葬到没有我名字、只有高桥和巳之名的墓里去吧。无名很好。"

或许是铃木晶的安排，现在富士灵园高桥夫妇的墓地用了崭新的墓石，镌着"高桥和巳、和子"的字样。

看来她选定的送别自己的人，也相当可靠。

如果我不先读和子的文章，而是先读和巳全集，恐怕会没有批判地接受和巳，叹服他的才华与痛切的自省，感慨他的早逝与不运。幸有和子文章里的愤怒与伤心作为"先入之见"，才能看到更丰富的和巳与和子，并尝试理解和子对和巳的复杂情感。

若和巳不早逝，顺利在他所说的"保守主义的乐园"里继续当助教授、教授，那和子与他最终很可能分道扬镳。和巳被深深信仰的母校背叛，仅工作两年即辞职，旋即病重。他人生的最后部分全然属于和子，是和子包容、抚慰、接受满身疮痍、虚弱无助的他。和子对京大（包括京都）当然有怨望，而他们的无情却意外促成她与和巳最后的深情与感情的圆满，这其中充满矛盾。

和子走向宗教、逃往巴黎，屡屡批判日本国民性中的"幼稚"，要与自己"日本人"的身份彻底切割，和巳之死带给她的创伤固然是重要原因。而和巳早年在婚姻中的粗疏，对她的漠视与任性还没有来得及清算，他就报之以至为折磨的病死，没有谁能安慰她，因而她的愤怒与悲伤如此清晰。

阅读和子的书籍与和巳的全集，不难想象他们十多年的婚姻生活里，除了琐务、劳碌、冲撞，一定也有许多智识的碰撞与沟通，有不少共同话题。在修道院生活多年的和子，不知是否会时常想起《创世记》说的"骨中之骨，肉中之肉"。

2003 年，和巳忌日当天，和子写了一首短诗：

打开窗扉，格子窗外
南天竹嫩叶摇曳

只是这些而已

在我生命里，微风拂过

不愿见今日之日本

因而一直将自己幽闭

窗户，忽而打开一看

嫩叶与微风，只是这些

是从与不想看到的日本

全然不同的地方来的风

灌注于我

或许可以揣想，晚年的和子得到了解救和更大的自由。

《高桥和巳全集》由吉川幸次郎、埴谷雄高监修，河出书房新社出版，校订、排版、装帧无不细致精心，题签是吉川的书法。全集编得这么好，足知恩师与知音对高桥和巳的赏识。全集每卷之首都附有月报，请各界人士撰写关于和巳的逸话、感想。知名或不知名的男性们笔下往往不会有和巳作为丈夫的一面，因为他们自认活跃于公共领域，他们眼中的和巳也是公众人物。很少有人提起和子，或许是不知该怎么谈，又或许是恪守"女主内"的传统。

当中有难得的一篇出自女性之手，《广播剧之缘》（《ラジオドラマの縁》），作者是 NHK 广播剧的负责人斋明寺以玖子。她比和子小四岁，也是京大法国文学专业出身。1963 年夏，斋明寺为邀请和巳撰写广播剧一事拜访了高桥家。她写和巳在家里穿和服，美丽的夫人称呼他"和巳"。那天，和巳笑眯眯地告诉斋明寺："我家夫人，也写小说噢。比我更有才华啊，她写的东西我可喜欢了。"

斋明寺感叹，当年高桥和巳已确切预见了日后夫人在文学方面的成功。这些很少被旁人记录的和巳夫妇相处的片段，在气氛庄重的和巳全集里微微闪现，与和巳身后和子的许多追忆文章呼应。由是我们确信，除了和子显露在水面上的孤僻、愤怒、不可解的神秘，那底下应该还有无限深沉的情感与能量，不知道单用"爱"是否可以概括。

2021 年 10 月 18 日

花之剑

2021 年暑假，突然想学点什么新技能。当时正苦于颈肩腰背的劳损和视力的进一步下降，因而排除了外语等伏案学习的项目。恰好在网上读到青年作家东来撰写的剑道学习记，很受启发。这久坐的躯体的确应该好好活动，然而在搜索栏输入"京都 剑道"后发现，京都的剑道馆不是学校附属组织，就是附属于警察机构，很讲究传统礼节。这种浓郁的保守气息让我退避三舍，何况我家附近的几处只收大学生或中小学生。

那会儿正是奥运会最热闹的时期，特别喜欢韩国女子射箭运动员安山，反复回味她泰然自若正中靶心的片段。查了京都的现代箭术教室，离我家都不近。就这样东看西看了一阵，不知怎么，一间平安神宫附近的合气道教室进入了视野。网页有英文版，宣传语热情洋溢，不像保守团体。"初心者大欢迎"（非常欢迎新手），"女性大欢迎"，似乎很国际化，要不去看看？

发了见习申请，立刻收到道场师傅的短信，说有两节免费见习课，请尽情过来参观。头一节课，一开始我老老实实正坐在一边，双手搁在膝上，看师傅带着学生们做各种招式，以及二人一组轮流过招。师傅精神昂扬，身手很漂亮，一会儿过来说，你不用正坐,随便坐!大约考虑到我是外国人。但看其他学生的身姿无不端然整肃,也不好意思乱动。又一会儿,师傅问我要不要也试试。于是特地与我对练,教我摆出招式,滑步上前,双足交替,转身,后退一步,变换身法,握住对方手腕,撂倒对方……一个多小时之后,勉强记住了师傅教的动作。其他学生开始打扫道场,秩序井然。师傅问我感觉如何,要不要再来见习一次。我犹豫说好,整个过程不能说很无聊,但也没有特别的乐趣。从周怂恿我给自己一个机会:"运动是好事!尝试一点新鲜的。万一后面喜欢上了呢?"

喜欢什么,不喜欢什么,我都想找到原因。第二次见习过后,总算明白了自己迟疑的缘故。不是因为在网上看到一堆嘲讽合气道是假动作的分析帖,而是道场多人齐练、二人对练的方式令我手足无措,连一起喊口号都不好意思。只好向师傅道歉,说经过慎重考虑,还是不打算入会。师傅大概见多了这类不速之客,非常豁达,笑眯眯地说这两节课玩得开心就好!我飞快逃出道场,沿着御所东墙狂奔了一段,走上鸭川三角洲的贺茂桥才松口气。心里说,瞧瞧,跑步也是运动,这不挺好吗?不加入任何组织也可以运动!

从尚武的世界落荒而逃,仿佛是为寻找某种补偿,决定趁着暑假去学一样极风雅的技术——插花。很多年前,在大学图书馆外的公告栏内看到一张广告,朴素的黑白打印,"嵯峨御流"。老师姓井上,当时刚拿到博士学位。在御所、寺院里偶尔会见到这个流派展示的插花,留下了庄重古典的印象,花材与花器也很传统。京都最常见的花道流派是池坊,名门正宗富丽堂皇。其实花道各家流派的基本技法都比较接近,很多流派的理论建设、规则确立是近代以后的事。嵯峨御流号称源自寺院，文献整理与理论研究尚多空白，好在看起来不那么热闹。教室就在农学部附近的小咖啡馆二楼，我便去跟井上老师学插花。一节课三千日元，不需要交月费。从水盘里插蓝紫鸢尾，到竹筒内拗黑松枝——从梅雨学到那年岁末。转年井上老师的教室搬去了同志社附近，我觉得鸭川对岸宛如异世界，加上课业渐紧，就没有再去。

转眼六七年过去，井上老师已是本地某所大学艺术专业的老师，还是嵯峨御流的学术顾问。花道教室当然早就不开，嵯峨御流的花道艺术学院有他的花道史讲座，期刊《嵯峨》上也有他连载的专栏，有点后悔当时没有多跟他学习一些。一番寻觅，发现韩语教室附近有一间嵯峨御流教室，主页显示，老师是一位年轻女性。"对自然与草木的慈爱之心，是本派的基础。本教室的目标是，不论男女老幼，都能轻松接近花道。"教室主旨上这样写，想来不是传统艺术领域常见的保守派。思虑再三，终于通过主页发去邮件，表达了学艺的心愿。

时近盂兰盆节，本以为要到节后才有回复，却迅速收到回信。语气非常轻快，不是正式的邮件体，而是带着颜文字的短信体。一来二去，很快约定了时间。教室在四条乌丸附近的精致商区，楼内停着一辆祇园祭时巡游的山车，可见门庭非凡。见面后先聊天，我们年纪一般大，她一定要喊我老师，我坚辞不下，结果彼此都称对方为"老师"。第一节课的花材是芒草、龙胆、菊花、姜荷花，已是初秋颜色。

老师听说我曾去过井上老师的教室，非常惊讶，说井上老师是很了不起的人，又连连追问井上老师的授课风格。我说他话不多，去教室的大多是学生和附近的主妇。又说当年学得最多的是生花，一直练习三才格，天地人、体用相，把花枝慢慢掰弯，拗出造型，固定在水盘的七宝内。有时要掰折底端嵌入七宝内，有时要剪一段填满七宝。记得井上老师说嵯峨御流不用剑山，固定花枝需取材于天然。

七宝与剑山都是"花留"，即固定花材的器具。七宝原是一种纹样名称，即球路纹，或铜钱纹，以大小相同的圆形连环相套，向四周循环发展，组成四方连续纹样。七宝花留最基本的单位是"一轮"，即一个铜钱纹的圆形，中间是菱形，菱形的弧形边又与圆形外缘组成四个橄榄形。此外有"二轮"，即两个重叠的七宝纹样；"三轮"，即品字形七宝纹样。圆形底片上分布尖刺的器具即剑山，可置于七宝下方搭配使用。

佳甫老师赞叹道，不用剑山最是古典，为了减轻难度，现在嵯峨御流也用剑山。又说生花的三才格很难，她的老师是从比较简单的"盛花"[1]开始教，等学生技艺很熟练了才开始教"生花"[2]。我不清楚到底是佳甫老师出于客气一味褒扬井上老师，还是果真如此。但的确，使用剑山轻松了很多，花枝很容易固定在密密的金属尖刺上。佳甫老师说花道世界的人有独特的审美，或者叫迷信。剑山虽便利，但尖刺不够美，花枝在其上，总有某种痛感，映入眼中也太尖锐，我很认同。后来知道插花业不少年轻艺术家也不用尖刺密布的剑山，而是想出各种新鲜的法子固定植物，如玻璃制成的细管状花留、博凤堂的锡制可变形花留，都很有意思。日文常用"**お灑落**"形容，类似"洋气""俏皮"。入

---

[1] 浅水盘内的插花，模拟水池波光的自然风情。

[2] 将不同形态的花枝拢为一来，譬喻"天地人"。

冬后看到有人先在玻璃水瓶内放入多只柠檬，再投入山茶花枝，浮力托起柠檬，又巧妙地稳住花枝。

佳甫老师的教室不大，当中摆一张长方形桌子，两边是长凳，老师坐在对面。花材从附近的老店买来，用报纸裹着，养在大玻璃罐里。靠近玄关处的门边有一张几案，搁着老师的名号，写在长条木板上，是作为花道老师的资格证明。还有一只小玻璃缸，养一尾大眼睛的黑金鱼。简单的讲解过后，老师就要求上手，照着教材说明自己练习。我起初下剪刀时总是战战兢兢，她在对面笑道，要大胆决断。依葫芦画瓢插好，她先是热烈赞美："好极了，老师您的作品真优雅！"又上前端详，"如果是我的话，可能这枝会这样处理。"经她调整的花枝忽而变得灵巧起来，重获新生。之后可以把花盘摆在小案上拍照，作为记录。

8月末9月初，一周要去练习好几次，很快练习了"盛花"的各种形式。当初在井上老师的教室，练习时众人沉默不语，有一种虔敬的紧张感。老师缓步徘徊其间，偶尔指点，也是轻言巧语，唯恐打扰这种空气。佳甫老师这里则不同，她喜欢跟学生轻松聊天，也玩社交网络，积极发布自己和学生的作品，打很多标签，每条发送下都有花道教室的广告。

"我五十多个学生里，只有您是从网页找到的我，其他学生都是通过社交媒体。"她跟我分享经营之道，"年轻人根本不看网页，若不用社交媒体，没办法吸引年轻人。我的理想就是让更多年轻人接触到花道，否则这门艺术没有未来。"

她平常会帮母亲打理公司，其余时间运营花道教室。传统教室多是老师指定时间，一周内某个固定时间段开课。她时间灵活，愿意配合学生调整课程，手账上密密麻麻写满课时安排。因为屋子不大，加上特殊时期不宜过度聚集，一节课最多同时来三个学生。渐渐地，我认识了细工布艺师七海、参加过选美比赛的浅香、韩国留学生恩熙——老师的学生大多是女性。细工布艺是传统手工，以小片零碎正方绢布叠成花瓣形，组成各式花样，日文叫"つまみ細工"。最常见的是头饰，比如舞伎的花球簪。恩熙本来在首尔做公务员，厌倦了一成不变的工作，停薪留职出来念硕士。

不经意间，老师这里成了中日韩三国女性的交流场所。人多的时候，教室里很热闹。花道教室是我们暂时寄身的愉悦空间，大家不需要清楚交代来历，也没有竞争。偶尔有人蜻蜓点水般谈起所遇的艰辛，大家总会温柔安慰。老师喜欢说，植物有治愈的力量，可以从植物里获得养分。乍听是非常普通的说辞，在有心事的人听来又别具启发。比如教室有一位女士，曾经因为感染新冠而一度进了重症监护室，万幸逐渐康复。来花道教室是为了寻求植物的安慰："真的差点死掉，现在每一天都很感激。花材砍下来是死了一回，插花是一种复生吧，我觉得自己也是死而复生。"

虽说气氛轻快，也遇到过好几次与花材的苦斗。有一次是练习"环盛体"，是"盛花"中的"特异花态"，使用一种圆环形花器，内环盛水，为"相"；环内"体""用"相间，凡六体六用。花材自由搭配，只需遵守这种基本格式。我选了夏白菊为"体"，紫色龙胆花与粉色康乃馨同为"用"，以兔脚蕨等绿叶植物填补空隙。老师说插花最后一步需要"遮隐"（隐す），即以合适的花材遮蔽"花留"或某些特殊花器的边缘，呈现郁郁葱葱的天然景观。龙胆与康乃馨个头大，花茎很容易固定在环状花器的小圆洞内。夏白菊

○ 家中角落的插花

的难度超出预料,花茎太细,一松手花盘就咕咚朝下。老师经常说,花枝要"生气勃勃",不能耷拉,花盘更不能垂头。看我手忙脚乱,老师笑道:"不要紧,这个看起来简单,实际有点难度。"又安慰,"这正是你熟悉花材的好时候,每种植物都有它们的脾气。"屏气凝神,忘记时间流逝的焦虑,扶稳白菊,同时以兔脚蕨在花茎处作铺垫,使其姿态固定。完成后的环装花盘的确很好看,老师说这种样式很受酒店欢迎,适合现代风格的室内装饰。

受到的挫折不止这一次,还有随后学习的瓶花,即源于《瓶花谱》审美的样式,江户时代流行的瓶花正来自宋明审美。江户中期以后,文人、南画家们曾流行"文人花",明治年间成立了"南宗文人花""南宗瓶花"等流派。现在唯一存在的流派是"清风瓶花",似乎不太成气候,毕竟文人画在日本也早已衰微。好在嵯峨御流也有"文人花"的门类,有桃花流水、岁寒三友等各色固定的题目。

瓶花固定主干花枝("体")的方式是截取一段与瓶身直径大约相等的短枝,劈开花枝下端,以"Y"字形嵌入短枝,用绳子缠绕十字形固定主干与短枝,再利用短枝两端与瓶身的摩擦力将短枝横置固定于瓶内。如此可以自由调整花枝的方向与姿态。平常在家插花,总是随意把花束投于瓶内,《瓶花谱》所谓的"直枝蓬头花朵",不知有这番讲究。主枝固定完毕,通常还要搭配二三副枝("添"),显得姿态摇曳。再投入二三副花,即"留"(或曰"相"),最后以绿叶植物"遮隐"瓶口。看教材似乎很容易,而实际操作时,要么固定短枝之际用力过度,震出瓶内清水;好容易固定好主枝,却在投入副枝时不小心碰翻短枝,花枝咕咚落入瓶内;眼看胜利在望,副花却打破主、副枝的平衡,一切又要从头再来。

不想插花如此费体力，要全神贯注寻找花枝的平衡，熟悉它们的轻重、柔劲……种种脾性。老师看我很狼狈，宽慰说慢慢来，不着急。无论我折腾多久，都不会插手帮忙。

就这样，夏末练习的是唐菖蒲、玫瑰、蓖麻叶，秋初是芒草、鸡冠花、黄精叶，还有簇花茶藨子、菊花、玉簪叶。9月下旬，南蛇藤的果子转红，悠长下垂的姿态适合练习瓶花的"垂成体"。南蛇藤是卫矛科植物，球形蒴果开裂，露出橙红色的假种皮。《植物名实图考》说"根圆长，微似蛇，故名"，和名"蔓梅拟"，大相异趣。"梅拟"也是一种植物，"拟"是后置的动词，即"像梅花一样"，中文名霜落红，风格倒还相似。南蛇藤枝干坚硬干燥，不易造型，需在水里浸一阵，一点一点掰弯。这很考验耐心，后来学到生花的水仙，要把水仙花叶分离，挪出叶鞘，再重新组合放回叶鞘，才知道拗枝子并不算什么。

练习结束后，清洗花器，选出需要的花材，用正方形塑料纸包好，装入长条形花袋，就可以回家了。通常会从教室步行至高岛屋，买点食物，再搭公交车回家。带回家的花材可以继续用于练习。不过家里地方太小，到处是书与电器，不敢随便在桌上架上放瓶盏，只好挨着墙根摆放。玻璃瓶、酒瓶、牛奶瓶齐上阵，物尽其用地安置好花材。接下来它们有的会盛开，有的会枯萎，有的会腐烂，若不及时处理，会发出令人难忘的异臭，不少菊科植物就这样。也有的会慢慢长出根须，最意外的是簇花茶藨子，虎耳草目茶藨子科植物，又叫蔓茶藨子、薮山楂子，是一种灌木。9月中遇到它，结满圆滚滚的浅青玉色珠粒，有的已转黄转红，可爱极了。不过据说果子苦涩难食，万万不能被名字里的"薮山楂子"骗了。带回家后，一直养在玻璃水瓶里。虽然每次换水都

○　陪伴很久的花材

碰掉很多果子，但剩下的还是玲珑满枝，并悄然转红。到 10 月中，果子已全红，星星点点，照亮屋内一隅，甚至还萌出小巧嫩绿的掌状裂叶，可能是枝干蕴蓄了充足的营养。入冬以后，红果子仍在枝上，水瓶内浸泡的枝干不知何时生出了细白的根须。插花是赋予花枝新生——向来不太喜欢这些玄乎的道理，而长出根须的确是新生。

秋季开学后，去教室的频率大幅减少。周六上完韩语课，若还有力气，便过去练习。10 月中老师联系，说一定要抽空练一回"野外秋景"，这是盛花的一种格式，以桔梗、芒花、败酱等秋草营造秋野水畔的清幽风情。我们经常短信联系，她喜欢分享各种展览会信息，或提示最近到了某种花材的季节，最好练习一下。

"不然又要等到明年。"她说，"练习插花就是熟悉季节变迁，也要习惯错过和等待。"

有时聊着天，她突然回想起来似的："我们出生只差一天，说不定前生就认识。那时我一定在中国吧！"

我不信前生，只好笑着不搭腔。她说新冠肺炎疫情平息了就想去中国旅行，到时要买很多漂亮的汉服和瓷器回来。

她好几次约我出去玩，北郊一个叫久多的小村庄，大阪的品酒会，某商场的玻璃器展销会。我无奈拒绝，说平时都要上课。

"那周日呢？"

"周日想躺平休息。"我老实说，"周一有课，还得备课。"

七海、浅香、恩熙她们都跟着老师一起出去玩过，特别是久多，前后去了几次。老师的一位朋友在那里有产业，经常请年轻艺术家去采风、寻找灵感，顺便为人口锐减的村庄做宣传，希望找到未来村庄发展的生路。看她们发来的照片与视频，山清水秀的村子，

○ 秋初，经常作为练习花材的鸡冠花

○ 象征秋意的桔梗

盖了厚稻草苫的屋顶，成片盛开的紫菀花。她们坐在小桥上吃烤红薯，在溪流中用随意采撷的植物插花。村里有一座冷清的旧神社，老师在那里用枯树桩、茶梅做供花，气象清隽。我赞叹不已，她也很满意这件作品："我得到了山野中的灵气。"又说川濑敏郎经常在山里寻觅花材，她很想效仿。

她们从久多带回许多水煮黑毛豆、蒸红薯，还有带枝叶的柿子、大束茶梅。

"你多吃点！专门带给你的。"老师又让我挑柿子枝，"你带回家先做花材，回头柿子可以吃掉。去皮切片，烤箱稍微烤一烤，刷黄油加奶酪，特别好吃。"

她看我很喜欢，又问："平时真的不能抽一天出来玩吗？"

我叹气："世上大部分人，平时都得上班。"语气甚至有点刻薄。

"是吗？真是太辛苦了。"老师道，"所以大家都应该被自然好好治愈。"

入秋之后，她早早问我元旦打算去哪里旅行，要不要一起出去玩。我说元旦很可能在家工作。她难以置信，怂恿说久多冬天会下大雪，天地皆白，可以在茅草屋子里烤火，围炉烘栗子吃，你肯定喜欢。

我当然喜欢，所以才回到了离植物、自然更近的世界。但不敢自尘网彻底抽身，只好一边劳碌一边张望。

快到12月，老师跟我们宣布，12月和1月要休假。"放空自己，清净身心，补充足够的精神，之后才能更好地工作。"我们约了圣诞节后的忘年会，在市区一家韩国烤肉店，七海她们都来。

过了几天，老师忽而联系，说："万年青上市了，这是新年的植物，你要不要追加一节课练习？"我当然乐意。

忘年会那天下起大雪，黄昏很早降临。公交车迟迟不来，打车去店里，途中路过御所的石垣，错节虬舞的松枝郁郁覆在墙头，风雪中绵延了长长一段，像展开画卷前端寂静的绫绢。乌丸通沿路有香铺松荣堂，接着是一排花店。家家都在准备新年用花，笔直的松枝盛在碧绿竹筒里，堆得很高，重叠复制如某种纹样。我们在大雪里陆续到齐，火点亮了，训练有素的小哥夹出一大块长条五花肉，先各处摁一摁，令受热均匀。不久烤盘嗞嗞出油，小哥飞快翻动大块肉条，表面很快变成漂亮的金黄。恩熙很满意，说这手法与肉的分量都与首尔的店铺无异。她正忙于写硕士论文，作息混乱。又说3月下旬就要回韩国，神情有些寥落："做学生无忧无虑，不想回职场。"

老师不止一次提出她认为的解决法："你在这里邂逅一个中意的男人，结了婚，就可以不回去了！"

恩熙笑笑，提醒我们肉烤得正好，应该赶紧下箸。头一回听老师这么说时，我替恩熙感到冒犯，差点发表意见。恩熙看看我，笑道："如果有邂逅当然好啦，可惜很难。"有时她也有很消沉的话，说自己不够好看，性格不讨人喜欢云云。大家连声说怎么会，你考上了公务员，太厉害了，韩国的公务员多么难考。她对此没有异议，说她那个岗位是几百人竞争，只选一个，她如何辛苦备考，一战失败，二战大胜。有点悲壮的口吻。七海她们惊叹不已。相比之下，日本社会的竞争的确温和一些。

聚会结束后没过几天，我们又聚在老师跟前，练习专属于岁末的万年青。京都人搬家，据说都要买盆万年青，讨个好彩头。我故乡风俗类似，新屋落成，大多要在院里种万年青，老房子屋脊正中好像也会种一盆。《花镜》云其"叶阔丛生，深绿色，冬夏不萎。吴中人家多种之，以其盛衰占休咎。造屋移居，行聘治圹，小儿初生，一切喜事，无不用之，以为祥瑞口号"。恩熙说韩国也钟爱万年青，有万年青和百合根的搭配，寓意"和合万年"。"当然这是从中国传统里来的。"她说。

凡提及传统，恩熙都会辨别源头。而其他人，包括老师在内，似乎都不太讲究，这时往往会拖长音调发出惊叹，表示原来如此、竟有其事。不过那天我们练习用的万年青应是日本栽培种。万年青传入日本在江户时期，近代以来曾有栽培热潮，甚至1931 年还成立了"万年青联合会"，旨在培育新种、推广种植，并存续至今。万年青的"生花"也需要先把果叶分离，再以固定格式重新组合，固定于水盘。最外层的叶片叫"留"，接下来是"实围"，即围住果子；又"风围""霜围"；再旁逸之"用"，直立之"体"；最后是正中朱红累累的果实，半掩于翠叶之间。万年青叶片厚实，易于造型，大家完成得很顺利。之后围桌闲谈，分享带来的零食。老师也心情愉悦，谈起开花道教室以来的种种快乐或意外的事。

少不了说些业界逸闻，不知怎么提起自己的老师曾对她收外国学生表示不满，认为外国人格调不高，不懂真正的传统艺术。

"你们不要生气啊，我完全不同意老师说的，我觉得传统艺术要有生命，就必须开放胸襟，岂止要接受外国人，还要积极吸引外国人的兴趣。就这点来说，池坊真有头脑。"她对我和恩熙道。我们表示早已熟知这种偏见，各自讲了一些经历，比如我的房东最初不愿把房子租给非欧美地区的外国人，对我进行了面试。众人又笑叹一番。

新年时，她外出旅行。虽然早就说好整个 1 月都休假，却又不忍我错过季节花材，度假回来就联系说，金明竹正当季，还有云龙梅与水仙，适合练习文人花："是你最喜欢的题材呢，想听你多讲讲中国的岁朝清供。"

恩熙顺利提交了论文，也来了教室，大家彼此鞠躬行礼，说了许多吉祥话。插花用的金明竹要各自动手砍下需要的段节，一时束手无策。老师鼓励道，你们快亲手感受一下竹子的性格，砍竹子这样的经历不可多得，以后就熟悉了。

那天尝试的是我一直问题较多的瓶花，砍好竹段，端详枝叶形态，小心投入瓶内。忍不住看老师，想得到一点提示。她笑而不语，只是颔首，以示鼓励。我又投入几枝百合，左看右看，说好了。她上前确认，不吝热烈的赞美："好极了，你越来越好了。"接下来是提意见，"如果是我的话，可能只用一朵百合，这样好像更透风。"经她调整，果然疏淡有致。不久恩熙也完成了作品，她用了两段竹子，气象丰茂。老师笑："插花最能看出人的心事性情，我看恩熙今天心情很好，是不是因为论文交掉了？一定顺利通过。"

没有学生不喜欢这样的祝福，恩熙连道"借您吉言"。毕业回国的日子近了，她有些伤感。老师安慰："回韩国后也可以继续学花道，以后我们还会见面的。"韩国传统插花历史亦久远，在崇佛的高丽时代有许多佛前供花，朝鲜时代文人的案头清玩也少不了花枝。建立于高丽忠烈王三十四年（1308）的忠清南道礼山郡曹溪宗修德寺大雄殿，据说是韩国境内最古老的木构建筑之一。殿内壁画有大幅供花，青瓷瓜棱花器内盛满各色花卉，有红白粉莲花、香蒲、慈姑叶，也有牡丹、栀子等。一般前者叫作"水生花图"，后者叫"野生花图"。近来一乡韩国美术史研究院长姜友邦认为，这名称是日本学界的称呼，他极力推荐的是"满瓶"一词。这些供养花很容易让人联想到宋人李嵩的花篮图，不过韩国现代插花深受日本影响，不少词汇直接沿用。恩熙对韩国的插花似乎不太满意，对老师的建议不置可否。或许人们总想逃离最熟悉的环境，在陌生世界呼吸新鲜空气。

老师用我们剩下的竹枝即兴构思了一件作品，枝叶纷披，十分活泼。"你们说，像什么？"

我还在沉吟，恩熙脱口而出："像老虎。"

老师开心极了："我真是这么想的，这竹丛里像藏着老虎，就叫它'虎藏'吧！新一年，希望大家都虎虎有生气。"想起京都国博那幅光琳的虎竹图，大老虎眼神很风趣，像忍着脾气的僧人，竹梢仿佛有风吹过。

下课后，缓步穿过年初的市街。新年装饰还没有撤换，满目仍是欢庆的颜色。商店橱窗内的插花已见到梅枝，野外的还要再等一等。插花比自然节令稍早一些，及时传来下一季的消息，让人提前有所准备。背后花袋里盛着竹枝与百合，仿佛背着长剑。

2022 年 1 月 17 日

○ 新年瓶花，竹枝与百合，文人趣味

一个人搬家

搬家的决定很不容易。每天穿过卧室当中两排书架之间的逼仄通道，小心避开书房地面的书堆抵达书桌，心里都会说，收拾起来会非常费劲吧？而有时看上了什么喜欢但显然家里已经放不下的东西，就会想，等以后搬了家再说，现在还是算了。这种矛盾交织了很久，最终在刚刚过去的冬天下定了搬家的决心。

京都的租房合同一般两年更新一次，到期需交一笔更新费（更新料），约一个月房租。偶尔与大阪的友人聊起来，才知道这并非日本全国通行的规则，大阪、奈良、兵库、和歌山的绝大多数房子都不需要更新费，这在关西地区算是京都的特产。转眼间，在吉田山脚已住了六年，又该给房东上供更新费，不如趁此机会搬家吧。

找房子也不容易。不想离现在生活的区域太远，要有足够大且结实的屋子放书。跟着中介看了不少房子，犹豫难定时也曾赌气退回一万步：跟房东继续相处下去也没什么。

我们跟房东住同一栋楼，他性格刻薄，偶有租户的衣物不慎落到他一楼的院子里，他会把衣物钉在小楼入口处的公告栏里示众——有时是一只男袜，并附上手书大字："这是谁的东西？请自行取走。"但他的房租便宜，房子条件也不坏，离学校又近，因此大家虽抱怨他讨厌，轻易也不会搬走。

看房子花了整个月的时间，中间的波折不必提，最后确定了离吉田山不远、白川东侧的小楼。请装修公司加固地面，找木工师傅定制了几面接天接地的杉木板书架。

"您确信这面墙也要做满书架吗？这里本来是放电视机的地方，是不是要在书架上预留电视天线插孔？"师傅似乎对我的安排略感可惜，"这间客厅本来很宽敞，可以放大沙发，做宽阔洋气的电视墙。"

"我家没有电视，您不用留插孔。"我道，"也不用考虑放沙发的地方。"

谈定书架计划，就开始在网上预约搬家公司。找到一个整合了多家搬家公司的网站，客人在线提交大致信息，随后各公司报价，客人可自行选择。刚刚交掉信息没几分钟，就接到一家公司的电话，说希望上门拜访，看过现场再报价。我一边接电话一边迅速上网检索了这家公司的信息，标志是一个可爱的大头熊猫，经常在街上看到他们的大卡车，口碑不错，于是同意了对方的建议。

第二天上午，一位姓谷川的大高个儿青年摁响门铃，双手递上名片。自报家门后，送了一小袋大米做礼物，便进屋查看我搬家要带走的东西。他看到小屋内挤满的书架与地上的书堆，竟热情赞美说："您的书真多！"

上一次搬家时，请了一家平价公司，工作人员多是打零工的大学生。当时我有六十多箱书，青年们脸色不大好看，我只好一直道歉。谷川笑道："昨天我们客服说，要接待一位书非常多的客人，特地派了我来，因为我以前帮好几位文科教授搬过家。您放心！

我们对搬书很有经验。"

我搬家的距离很近，只是书太多。谷川看了又看，估计有一百箱，他认为不妨派三名工作人员，以小型卡车分两趟运书。我们很快谈妥计划，搬家的日子定在 2 月底。如果不是书太多，其实不需要搬家公司。住在学生街的十多年间，每到毕业季或开学季，时常能看到路上有学生蚂蚁搬家。有私家车当然最方便，没有车，借一辆四轮平板小推车也行。有一回夜里，看到几个年轻人推一辆独轮小车上山坡，车斗里堆满大小家电，年轻人们合力扶着家电边角，前进非常缓慢。见到有人过来，急忙停下来避让，生怕挡道似的。真想跟他们说一句"搬家辛苦了"，可惜日本社会不流行随便搭话。

签好搬家合同后，又陆续收到好几家搬家公司的联系，一面拒绝，一面也佩服谷川行动之神速。收拾东西需要善加计划，打包不能开始太迟，毕竟有十来个书架；也不宜太早，因为很多书还需要使用，且狭窄的屋子并没有多少堆放书箱的空间。

六年前刚搬来时，书架只是挨着墙壁摆放，都是网购的组合书架。书不久满溢出来，起先堆在地上，后来书越来越难找，只能在屋子正中再添一个书架。床在书架不远处，我早就不考虑防震的问题。2021 年初春，为了收纳再度涌满地面的书籍，只好对屋子所剩无几的空间精密丈量，网购了一个不锈钢组装书架。当然，组装需要自己完成，寄来时只是一堆钢条钢板螺钉。丈量屋子时只考虑了成品书架站立时所需的空间，没有规划组装及搬起书架时需要的地方。我在斗室中与钢条钢板搏斗了很久，万幸最后顺利把它安放在预计的位置上。它高抵天花板，有宽阔结实的板面，足够塞两排大开本的书。如今要收拾屋子，最先下手的

○　搬家前夕，天天都在收拾书

○　装书箱虽然是苦役，但一边收拾一边翻书，也有许多趣味

○ 装箱途中

应该是屋子正中的这排书架，撤掉后才会有比较完整的空间堆放纸箱。

对于相处未久的年轻铁书架，我心里很不舍，不想把它送进废品收购站——在日本，这类旧书架最常见的命运是被当作废品回收。学校附近虽然有二手店，但一般更欢迎比较新的家电和制作更精致的家具。我电话过去询问，一听是组装书架，对方立刻说，这个只能当成大型垃圾："最近是搬家旺季，我们这儿货源太多，早已不要书架了。"

"有一个书架还很新，也非常结实，是研究室常见的同款。如果能放在店里卖掉是最好的，虽然它很便宜。"

对方答："如果您实在想处理，可以按 3000 日元一架有偿处理，我们上门回收。"

他说的正是京都处理书架的普遍价格，所谓的"行市"（相场）。若按本市官方"大型垃圾"处理细则自行扔掉，会更便宜些。事先须联系相关部门，约好某月某日在某地扔出垃圾，上面贴好在便利店买的回收券即可。京都市大型垃圾回收费用很公道，依物件大小，收费从 400 日元到 2400 日元不等。我扔过一面地震中摔碎的穿衣镜，属于大型垃圾中的小物件，400 日元。只是我很难独力把书架搬到楼下指定地点——没有电梯，楼梯也太窄。

考虑到家中其他书架都已松动走样，不在二手店回收范围之内，最终还是要请私家垃圾处理公司。这也是和搬家公司一样丰富深邃的世界，只要在搜索栏输入"垃圾 回收 京都"，就会出现大量商家广告。页面风格各有特色，不过核心内容大多相似："这样的时候请记得找我们，搬家前后、大型垃圾回收、整理遗物、清扫垃圾屋。"家家都强调自己是"业界最低价"，并提醒用户市场上存在"恶质商家"，可能收费高昂，务请注意甄别，选用我们吧！

东看西看，选定一家主页看起来很专业的公司。电话预约时间，对方非常客气，柔声说上门看了物件大小再给预算："如果是很好的书架，也可能免费回收，不需要您给钱。"

在回收公司的人来之前，先向搬家公司领取了 50 个纸箱，买好工作手套与充足的宽胶带。搬家公司也有装箱业务，但我出于节约的目的，也为了先做简单的分类，还是自己动手，完成一箱就在箱子上作标记。最初进展似乎顺利，一口气装了 20 箱。回过神却发现，架上的书似乎没有少——塞了两层书的书架收纳能力惊人。接连几天下班后都在家打包，很快有了肌肉记忆，撕胶带、封牢箱底、装书、在空隙处填入文库本、封箱……灰尘四起，喷嚏不断。

检点自己的图书虽不乏些许趣味，"这本书是好早之前买的"，"原来这本书在这儿"，"这书居然买了两本"，但更多是体力消耗后的晕头转向。有一天夜里累坏了，坐在书堆里发呆，头脑一片空白，顺手喝掉了一瓶书架上的瓶装茶饮料，牛饮毕才发现早已过期。

50 个纸箱转眼装满，充满床和书架之间可怜的空隙。从厨房走到书房，中间一段需要侧身穿过。纸箱上的大头熊猫标志最初觉得可爱，等到被几十个熊猫环伺时，就觉得有些喘不过气。

垃圾回收公司的人如约上门，他们见多识广，并没有对混乱的屋子表现出一丝惊诧。我指着屋子正中央已空出来的一排书架，说首先想撤走的是这些。为首的青年拿手写板计算了一会儿，告诉我总价需要 10 万日元。我自然当场拒绝，也有些生气，这不正是你们网页上宣传的"恶质商家"吗？我表示自己熟悉行市，这个价格完全离谱，请你们走吧，我不需要。

那青年大概早料到了我的反应，立刻说，那我给你一个"完全不能跟其他人说的超低价"。遂在手写板上重新写了个数字，55000 日元。

他应该看出屋子的窘境，若不尽快处理这排书架，整理根本无法继续。他开始解释我的书架多么巨大，装进卡车多么占空间，根据法律规定处理这样的垃圾又是多么花钱。他知道我是外国人，顺便揄扬了我日语之流利，"这么多书，你一定很聪明吧"——口气非常轻浮。我一半生气一半放弃，心想确实可以拒掉他们重新约人上门，但不知要等几天。他立刻觉出我的松动，告诉我他们的团队处理非常专业，可以迅速搬走空书架，"这样也不会耽误你收拾屋子"。我扬白旗，同意了这笔交易。他非常高兴，唤两名等在门外垂手侍立的同伴进来，搬出工具箱，飞速拆掉了我的铁书架。一堆钢条钢板螺钉质本洁来还洁去地离开了我的屋子。

他们接了一单不错的生意，神色行动都很轻快。一时银钱两讫，屋子当中多出了整块空间，又向搬家公司申请了 50 个纸箱。打包时产生了大量废弃物，每周只有两次送可燃垃圾的机会，不能错过。在此过程中深刻理解了"断舍离"的奥义，这真是紧贴日本社会生活现实的哲学：居所面积普遍有限，买东西要花钱，扔东西也要花钱，要从源头解决问题，就需要在添置任何东西时三思，时刻保持有限空间的开阔，不教物品侵占生活与心理的空间。

生活了 6 年的屋子里积攒了很多意想不到的物件。后来意识到，书其实不难收拾，因为它们大小端正，只是沉而已——也沉不过砖头。知识的负担表现出来只是如此，多么温柔。

清理屋子仿佛解剖自己的过去。喜爱的，囤积的，掩埋的，遗忘的，它们逐渐暴露，我必须直视。角落里有两罐经年未动的梅酒，从前友人来家里玩，都会请她们喝酒。这两年没有人来，酒罐只好落灰。除了书，还囤积了大量信笺、邮票、旧书店的包装纸。最匪夷所思的是纸袋，大大小小，叠得很整齐。每每想着这些纸袋什么时候总能用到，留着重新利用也算环保，结果基本没有用过，徒然塞满壁橱角落几只巨大的纸箱。鸠居堂、古梅园、一保堂这些也罢了，可以不加顾惜地扔掉。至于庆州国立博物馆、韩国国立中央博物馆、台北故宫……唤起从前在博物馆商店大买周边产品与图录的记忆，惹我流连再三。铜版纸印刷的大开本图录很沉，尤其是庆州国博特爱印刷豪华精装大册，为当时的旅行增添了很多负担。要不留个纪念吧！起先并没有果断舍弃它们，但整理进行到艰难的平台期，扔东西也更大刀阔斧，纸袋一律未能幸免。

听说我要搬家，好几位友人联系，要不要帮忙？我回复时发了堆满纸箱的屋内照片，表示一个人在这空间里活动已是极限。

"这些都是书吗？"

"是的……真是自作自受。"我很狼狈，并发誓，"再也不买书了，太可怕了！"

就在这时，还收到了东京春季古书大会的图录。坐在书箱上翻看，有一幅山东京传的扇面，绘一枝枇杷，句云："枇杷叶呀，摘掉之后，没有角的蜗牛。"是芭蕉弟子宝井其角的句子，意境奇巧，说摘掉枇杷叶后，发现了背后的无角蜗牛。其角故乡在琵琶湖畔的膳所，出生在江户，是地道的江户子，俳风华丽，喜咏怪奇崭新之景物。还有一句也不错："薄冰呀，仅开着零星，野芹花。"他热爱喝酒和谈恋爱，四十多岁就去世了。

有一件木村兼葭堂旧藏的清人短牍帖也惹人注目，据说是长崎分紫山福济寺的旧物，共五十纸，推定为江户中期福济寺进口书籍、药物之际留下的往来文件。还有一块长城砖，据说是江户时代朝鲜通信使携来赠人的礼物。这些有意思的资料大多昂贵，看完图录也就没有牵挂地放下了。

撤去一排书架的屋子并没有我想象中那么宽敞。起先每堆书箱垒 4 个，我身高与力量的极限。很快被堆满，必须向上发展——只好用书箱砌出台阶，爬上去再垒一层。我通过人类进步的阶梯爬上爬下开拓空间，100 个箱子逐渐堆满，只好又向搬家公司申请纸箱。接电话的姑娘确认道："您已经从本公司领取了 100 个纸箱吗？"

"是的，我可以补交费用……"

姑娘柔声道："没关系，如果您不介意用旧箱子，我们可以免费提供。再给您 30 个够吗？"

搬家的日子近了，琐碎的事还有许多。与房东交代、申请新居的网络与水电气、扔垃圾、联系垃圾回收公司处理搬家后不要的物品……时令也悄然推移，最初几天还下着雪，到 2 月底突然转暖，远山笼着极薄的一层蓝烟，树都闪烁着银色的柔光，梅花已至盛开。马上就要与这朝夕相伴、屏风般的小山告别。心中难免有一丝焦虑，不仅因为东西还没有收拾妥当，也因为春天已醒来，我知道它流逝极迅速。

一日黄昏，突然闻见山里淡淡的缥缈的湿气。对面旧书店屋

○ 搬到了离山更近的地方

顶有一只红胁蓝尾鸲跳来跳去，非常快活，也许到了求偶的季节。忍不住停下手里所有的活儿，立刻起身去山里散步。来到山顶，正值日落，晚霞将西山与北山染成璀璨的金绯色，东山36峰则是柔润的薄紫。我徘徊在早春的暮色里，直到潮水般的夜色涨得很高，才迟迟下山。

新居的钥匙提前几日就拿到了。母亲叮嘱我要选吉日过去，完成一些简单的入住仪式，带些杯盘碗盏，最好蒸一点年糕吃。故乡习俗特爱用年糕，都取谐音，"糕"等于"高"，蒸蒸日上的好意思。小时候考试前也会被命令吃年糕，有时还要加上粽子，"高中"（糕粽）。这双重糯米很不好消化，母亲采取权宜之计，每样只要吃一小口就行。

我离故乡旧俗已非常遥远，如今听母亲提及，只觉得亲切。虽不讲究，还是依言查看了万年历。国内与日本的万年历吉日大抵相同，而日本吉日搬家的费用要比"忌迁居"的日子更昂贵。从前人们做任何事都要看历书，今天的人们没有余暇挑拣日子，既然有禁忌，自然也有破解之法。最常见的是选个好日子，先随便放点东西到新居，就算搬家了——与母亲说的方法一样，只是更简略。

我没有准备年糕，只带了一只尚未打包的茶壶、一盆万年青过去。装修公司的人还在做最后的清扫作业。领队有些意外："你买了万年青！"他告诉我，日本年轻人不流行养这种"老头喜欢的"植物。

"我故乡从前有搬家种万年青的风俗。"我尽量简洁地解释。将种在白瓷盆内秀气的万年青放在一格书架内，完成了搬家仪式。

最后，书大约有120箱左右——已懒于精确计算。剩下的东西大概装了 10 箱，搬家前夜仍在埋头收拾。小小的屋子不断有杂物涌出来，一时很崩溃，但也只有奋力劳动，并告诫自己，今后一定要改过自新，践行断舍离！好在搬家当日一早，三名工作人员抵达时，所有东西都被装进了纸箱。

队长很年轻，身板非常结实，看着像运动部出身。他上前递了名片，很少见的姓氏——爱甲，衣襟上也绣着醒目的大字名牌，似乎是队长专属。身后跟着两位副手，一位和善的中年人，一位大学生模样的青年。原来谷川是营业部的职员，不负责现场工作。爱甲率领二人迅速开始工作，先在屋内安排动线，在门框、楼梯栏杆、通道上铺设蓝色防护软板或软毯，用来保护物品与房子。这在日文中叫"养生"，语源来自我们都熟悉的保养身体之意，在建筑业发展出独特的含义，即在施工或搬家时为周边地面、玄关、楼梯等覆盖保护层，以免损伤，或许可以译作"养护"。

"养生"之后，三人确认屋内要搬运的物品，便开始进攻书山。爱甲一手搬两个纸箱，动作非常熟练，使用力气的方式也很专业。我无事可做，只好在边上抱歉说书箱太多，实在给你们添了麻烦。本想事先准备好运动饮料、巧克力等物，却连去便利店的工夫也没有。心想不如给他们红包——但东西都已打包，临时找不出装钱的信封，直接递纸币又太不符合本地礼仪。沉吟良久，在屋子里发现一只没来得及扔掉的鸠居堂小纸包，默叹万物都有其用处。悄悄把钱装进去，什么时候给他们好呢？来不及上网查看本地的"规矩"，照自己的心意来吧，告别时递过去应该不错。

约略一个小时后，屋内书箱少了一半，第一趟搬运该启程了。我单独骑自行车前去新居，他们在附近便利店稍事休息后随即赶来。进屋内仍要做一番"养生"，我们很快找到工作节奏。一楼客厅与书房都有书架，书房放最常用的资料与研究书，其余都在客厅。两位副手卸下卡车上的书箱，送至玄关处等待的我跟前，我按书箱上事先标记的分类确定是放客厅还是书房，再由爱甲将它们搬进屋内。

副手青年逐渐体力不支，我很抱愧，爱甲因而加倍卖力地搬书，如此又过了一个小时，再返回旧家继续搬运。谷川当日预计下午一点前可以收工，事实上两点多才搬完所有的东西，大家终于松了口气。最后，他们为我装好经搬家公司购买的新冰箱与洗衣机——搬家之际运来，以免自己分别购买时不易控制送货上门的时间。包里恰好有旧家带来的没有吃完的三个橘子，塞给了爱甲，连同装在小纸包里的钱。

"这真是太客气了！"爱甲很高兴，回身对在卡车里忙着收拾的副手大声说，"客人给我们包了红包！"两位副手急忙赶来，齐齐行礼。

"这样真的可以吗！太多了。"爱甲在副手跟前打开了红包，抬头问我。

"我的书实在太重，你们太辛苦了。一点微薄的心意，今天晚上可以多喝一杯啤酒。"我真诚感谢他们。到了告别的时候，脱口而出一句常用的寒暄语："以后也请多多关照。"

这句用得不太合适，副手之一的中年人立刻笑道："暂时不要'以后'了吧？"

我也笑："暂时不搬了，请放心。"

"那就好！"

他们离开后不久，我突然想起旧家壁橱里还有三个行李箱完全被遗忘了。赶紧电话告罪，请他们再折回来一趟。他们很快赶回，见面就笑："没想到这么快就真的'以后'了！"

他们送来了三个行李箱，搬家大事暂告段落，尚有许多扫尾工作。剩下的书架与旧家电须请人来收，这次没有重蹈"恶质公司"的覆辙，请了房东推荐的一家小公司。不过月底是收垃圾的繁忙时期，他们比预约的时间晚到了三个小时，好在行动也非常高效。屋子空了下来，恢复了我初来时的模样。夜幕降临，窗前山中有咕咕的鸟鸣，邻家旧书店灯火通明，山风涌进窗户，记得刚来的晚上也是如此。

但尚不是沉浸于离愁别绪的时候，接下来要把钥匙还给房东，请他上来检点房间状况。如今很少有房东愿意和租户同住一栋楼，一般都交给专业公司打理。上一次搬家的最后，就是直接把钥匙扔进指定信箱，甚至没有人来检查房屋。租房时一般会交"礼金"与"押金"（敷金），退房时租户有"恢复原状"的义务，房屋清洁费、修理费可从押金里扣除。一般租住时间比较久的，租借双方都默认不退还押金。2020 年，日本改正民法条例，对过去未明文解释的"恢复原状"作了明确规定："租户由于故意、过失、管理等违反租户义务的行为造成房屋损耗、毁损的，有必要恢复损耗或毁损的部分。但由于长期使用和经年老化造成的修缮费用不包括在内，租户无需负担。"

房东年事已高，去年夫人已去世，或许还没来得及学习最新修改的民法典。他颤巍巍上楼，极仔细地检查了壁纸、地板、草席，来来回回抚摸，不知是因为太爱惜还是视力衰微。

"太旧了，修它们要花好大一笔钱。"他果然这样说，"我们各自负担一半吧。"

我急于离开，连声说好，请他开价。为了应付房东的临别仪式，我准备了比对付"恶质公司"更多的现金。

他絮絮解释维修房子如何费钱，并取出纸笔，要我给他做笔记算账，要换几张壁纸、几块榻榻米。我很不耐烦，但唯恐节外生枝，只好依言照办。他用计算器反复确认，最终认为除去之前的押金，我还应给他一万日元。

我飞快取出一张纸币递到他跟前。他却突然扭捏起来，要开一个正式签章的文件给我。

"不用了，我还有事，得走了。"我终于说。

他非要开具文件，颤巍巍写了条则，掏出自己的名章，郑重摁下，也要我盖章。我说章不在手边，手写签名吧。

"这次就这样吧。"

我心道，哪里还会有下次！面上仍是客气地笑着。他吹干笔迹与印泥，终于满意地把文件交给我，仍要拉我叙旧，问我搬到何处，还要忙什么事。

"这六年多受您的照顾，谢谢您。"我模仿本地人的腔调，用这滴水不漏的话打断了他，不知他有没有看出我蹩脚的讽刺。

"哪里哪里，我也多受你的照顾，以后还常来玩！"房东也立刻说起漂亮话，有始有终的一段相处。我鞠躬告别，阻止他出门，连说您留步，飞奔下楼，跳上自行车逃回了新家。这段插曲完全冲散我的惆怅。

在新家度过了沉酣的第一夜。次日起来，只觉双耳寂静，已没有吉田山中凌晨即啊啊高叫的乌鸦。当天碰巧是这片区域送可燃垃圾的日子，尽管离此前的住处非常近，末端行政区划不同，收垃圾的日子也不同。我很快找到堆放垃圾袋的场地，在防止乌鸦搞破坏的网内放下一袋垃圾，完成了与这片区域初次见面的仪式。

住独门独户的小楼与住公寓的生活方式很不一样，很早就听老师们说过："与街坊邻居打交道非常重要。还有町内会，虽然麻烦，但最好还是参加。"

町内会即末端行政区划"町"的自治组织，有些类似居委会。据说京都的町内会格外发达，或许因为神社多、老年人也多的缘故。町内会的基本职能是将住户纳入小型共同体，一起处理倒垃圾、清扫街道等日常生活必需的事务，夏天还要给町内住民的孩子们办运动会。町内通常有神社，居民要参与每年的祭典，也要给神社缴纳年费。曾有人将町内会告上法庭，说尽管不强制参加神社的活动，但一旦加入町内会就必须缴纳神社会费——这本身在事实上已等同于强制参加宗教活动，最终法院判定町内会侵害信仰自由。如今，单身住户很少入会，年轻人更愿住公寓，由町内会建构的居民之间的连接较之从前已松散许多。

"你可以把这一切当成田野调查。"老师建议。

于是网购了一箱专门用于搬家后跟邻居问候用的礼物，每一份都包好，印着"搬家礼"的字样和我的名字，内有保鲜膜、洗洁剂等平价日用消耗品。网上有详细的搬家问候指南，一般认为需要问候左邻右舍、自家门前的两家、屋后的三家。搬家后第一天上午，就遇到了右邻，是一对老夫妇。赶紧自报家门，递上见面礼。夫人笑道："我家今年轮着做町内会会长，你要参加吗？"

一时不知是运气太好还是太不巧，不知我口罩下"我是外国人，对这一切还不明就里"的表情是否传达到位，夫人非常通情达理："不着急，你可以慢慢考虑，等收拾好东西再做决定也不迟。"

听说我住到了町内会会长的隔壁，老师建议赶紧交会费，"你一个人住，白天不在家，跟街坊搞好关系很重要"。于是我又去隔壁敲门，表示我要加入町内会。夫人很高兴，建议我4月之后再交钱，因为那是年度之始。她详细与我介绍町内境域及住户构成，我是这里唯一的外国人。

"之前还想，会搬来什么样的人呢？很担心现在的年轻人不理我们，没想到你主动找我们。"夫人道，"町内会会长由住户轮流做，现在特殊时期，取消了一切聚会和活动，不需要见面，其实非常轻松。往年夏天要办一场儿童运动会，还有一场神社的祭礼。加入町内会每年要给神社交年费，但信仰自由，这笔钱完全可以不交，活动也可以不参加。"

这对夫妇以前是大学的工作人员，前几年刚退休。"我们平常都在家，你可以放心出门上班，有什么事我们都给照应着。"夫人很热情，说的都是我关心的问题。我放心大半，此前担心的"麻烦的町内会"，暂时有了着落。

搬家后要习惯的不仅是新居环境，还有周边生活区。从前常去的超市、邮局、银行虽都不远，但现在有更近的去处。我办了新居附近超市的会员卡，研究积分与打折规则，观察货架的排布，回忆与另一家超市物品和定价的区别。

不过依然没有闲暇仔细体味这些微妙变化带来的怅惘，家里还有瓦解书山的浩大工程。上架书籍的心情比打包更愉快，但工作量并没有减轻。客厅有五列书架，其中一架分隔尺寸较小，专门放文库本、平凡社东洋文库等小开本书籍。剩下的四列大致按照四部分类法摆放，不可能按中国图书馆图书分类法作更细致的

○ 最快乐的是上架

排架——并没有那么种类丰富科目均衡的书。小书房按平时常用的分类上架，大致有工具书、书籍史、医疗史等类，特别安排了一格女性史。

初期的混乱阶段过后，不久找到了节奏。与打包时一样，先拆开几箱，形成台阶，以便从更多方向深入书山内部。开箱后将书籍归入大分类，最先有眉目的是文库本书架，又细分为岩波文库、岩波新书、讲谈社学术新书诸种。全集本自不必说，四部丛刊的薄册、中华书局的中国古典文学基本丛书、上海古籍出版社的中国古典文学丛书等装帧开本一致的丛书也很容易整理。上架图书是实践目录学的好机会，趁机复习了《东方文化学院京都研究所汉籍目录》的分类法，传统四部分类法之外另有近人杂著部，我参考最多。

日本如今最常见的图书分类法是国际通行的十进分类法，有总记、哲学、历史、社会科学、自然科学、技术、产业、艺术、言语、文学。不过国立国会图书馆另有自己的分类法，以字母编号，凡24目，比十进分类法更重视社科类书籍，京大附属图书馆也采用了此法。国立国会图书馆明治年间的前身帝国图书馆曾确立"八门分类法"，第一类为"神书、宗教"，将神道教书籍归入等同于经部的重要范畴。第二类为哲学、教育，第三类为文学、语言学，第四类为历史、传记、地志、纪行，第五类为国家、法学、经济、财政、社会、统计学，之后是数学、理学、医学，工学、兵事、美术、诸艺、产业，总记、杂书、随笔。分明也有四部分类法的痕迹，不过把文学（集部）放到历史（史部）之前，则是受到19世纪欧洲书志学的影响。

新居有方寸小院，前任房主留下了桂树、山茶、瑞香、杜鹃，还有一些空间。上架至疲倦不堪时，便去网购一种喜欢的植物作为安慰。家具与生活用品尚未补齐，却已照着《花镜》卷三《花木类考》买下柠檬树、樱桃树、竹子、石榴、蜡梅、木莓、山绣球、蔷薇、芍药、玉竹……蔬菜也不可少，阳台空地摆好长钵，种下了豌豆与蚕豆。于是连日收快递、种花树。无暇外出游春，新居便是旅行地。

　　一周过后，屋子当中的书山终于消去。将一百多个纸箱分出几堆码齐，用绳子捆好——如此巨量，若没有车，很难远距离搬运。打了好几家废纸回收中心的电话，大多需要自行送去。纸箱在日本不是有价值的回收资源，大家都不感兴趣。旧电器更受欢迎些，因为废金属价值较高。好容易找到一家，听说有不少熊猫搬家公司的新纸箱，才勉强愿意免费上门收取，我自然千恩万谢。解决了纸箱问题，接着便是正式上架，将之前临时堆放的书按顺序理好，至此大功告成。

　　很久没有看到书脊完整露在外面的风景，心情十分畅快。忍不住与友人分享劳动成果，发去书架照片："都是一个人干的活儿！"又伸出伤痕累累的十指，以示劳动光荣。作为庆祝，当即网购了一批书籍，这么快就违背了"再也不买书"的誓言。我也把照片发给了做书架的木工师傅："谢谢您，非常完美。"

　　"哇，做的时候一直在想，放上书会是什么样子呢？有一个师傅还以为是收纳柜呢。它们的生命被你唤醒了。"

　　"是您的技艺和书给它们注入了生命。""注入生命"（命を吹き込む），不知这样的表达是否能准确传递我的感激与赞美。

　　师傅回复了一个可爱的颜文字："谢谢。"

　　天气益发温暖，隔窗听见蓝矶鸫求偶时动听的曲调，去年也

○ 照着《花镜》买植物，4 月木香盛开

是 3 月中遇到。告别吉田山的清晨，上弦月还印在天上，而今月轮已将满。小院绣球张开叶片，蔷薇枝梢钻出紫红的新芽，樱桃树鼓起轻粉色的花苞，墙根下遍开报春花，绒毯般的绿苔上落满整朵山茶。听说城南宫梅花开得极好，想必植物园也很热闹，又听说奈良大和文华馆近日有很好的展览。春天就是这样，天天都像过节，做什么都好，做什么都不够。

一日午后，小院忽而来了三只栗耳短脚鹎，叽叽喳喳掠过竹枝。待我掀帘去看，它们已飞快离去。有一只胆子格外大些，立在墙头看了我一眼，我也看见了它晶亮的眼睛与毛茸茸的脑袋。它们住在附近的树林里么，会去吉田山吃柏子和山桐子吗？

急忙在院内摆好清水盆与瓜子盘，差点忘了给小鸟们的搬家问候礼："我是新搬来的，今后请多关照，欢迎你们常来玩！"

2022 年 3 月 16 日

○ 搬家后，友人所赠山杜鹃

○ 种了一盆竹子

無量寺之虎

1

在教学系统上登记完所有的考试成绩，积蓄已久的疲惫沸腾起来，身心呼唤彻底的休息，最好有一场远行。2020年初春之后，几乎没有离开过京都半步。眼下本地刚刚开始接种第一针疫苗，暑假已经开始，拖延了一年的东京奥运会据说即将开幕，空气早已松动。起身到地图跟前，"北自北海道，南至冲绳"——这里的人喜欢以此形容范围之广——寻觅可能的旅行地。不能去太远的地方，因为旅费昂贵。一个人花钱总觉得有些惭愧，奢侈的游乐应和家人一起。不能去纯为美食或温泉的享乐场所，总要有些名目，比如有可供我立起访古名目的古迹，又或者有旧书店。过去不少旅行计划都在这样的犹豫中搁浅，结果"不如在家待着吧"。好在这次旅行的心意很坚决，视线最终停留在和歌山县最南端，一个叫"串本"的小城。

和歌山县在纪伊半岛西南端，1890年初秋，驻日公使黎庶昌乘商船从神户出发，出大阪湾，驶入太平洋，沿纪伊半岛的勺状轮廓由东南转向东北方向，停靠在如今和歌山县新宫市的三轮崎海港。登岸后入山行十余里，又翻过一座山，抵达传说中的徐福墓地。当地有所谓徐福遗物，黎庶昌认为荒渺不足道。他当时已游历日本各地，感慨平原广泽甚多，为何徐福偏偏要来到和歌山？或许是当日风漂所至，无暇细择，又或因为此地距京都不远。虽然留下十来首纪事诗，但他对这个缺乏实据的传说显然并不太热衷。

和歌山大部分地区都是山地，与京都、奈良这些古代都城隔着险峻的峰嶂，陆路交通很不便利。在纪伊半岛最南端的近海区域，古时有海盗出没于风波。德川幕府初期，半岛境内尚有许多不服统治的浪人武士。对于把据点安置在东国江户的幕府而言，要有效控制西国形势，就必须将西国的经济中心大阪作为军事要塞。那么如何控制大阪？和歌山的地理优势就变得很醒目。幕府将德川家康第十子赖宣封为纪伊和歌山藩主，纪伊藩（也叫纪州藩）成为与尾张藩、水户藩地位同等尊贵的"御三藩"之一，可以使用"德川"的姓氏与纹样，还拥有输送幕府候补继承人的资格。

纪州藩确实出过一位幕府将军。1716 年，年仅八岁的幕府第七代将军德川家继夭折，二代将军秀忠一脉从此断绝。御三家经历了一番激烈的继承人争夺战，最终纪州藩第五代藩主德川吉宗胜出，出任幕府第八代将军。他在位的近三十年间，恰是我国的康熙后期至乾隆初期。当时中日两国虽无正式国交，但民间不乏商船往来，每年有几十艘至上百艘"唐船"载着大量中国书籍、器物乃至珍奇异兽渡海而至，成为地方大名争相搜罗、进献幕府的宝物，以及读书人、市民阶层消费与享用的珍玩。

有时会在此地山中遇到红嘴相思鸟，朱红的喙，金黄的胸脯，柳黄色毛茸茸的脑袋，翅膀上有鲜丽的朱红或宝石蓝。这并非日本原产的鸟类，而是江户时代作为观赏鸟引进后野化的外来种。在《唐兰船持渡鸟兽之图》《外国产鸟之图》之类当时留下的图录里，可以见到笔笔生动的相思鸟。这位吉宗将军或许受到邻国盛世明君传闻的启发，也有成为明君的愿望，展开了各种政治文化工程。其中有一个项目，是将本国一位青年学者的经学著作刊刻出版，令停靠长崎的商船带回清国，递至京城，也好让清国的皇帝了解海外小国的学术水平。

这部著作叫《七经孟子考文》，作者山井鼎的故乡在和歌山县北部的沿海小城海南，那里盛产柑橘与枇杷。他少年时曾步行来到京都，在当时京城著名的学者伊藤东涯门下求学。后来读到江户学者荻生徂徕的著作，大为倾倒，又步行千里拜访徂徕，成为他的门生。

将军吉宗大力推崇这部书，倒也不是因为真正读懂了书中的内容——或许是格外照顾来自故乡的学者，毕竟以中国儒学经典为研究对象的考证学研究在当时的日本完全冷门。但山井鼎写完初稿后不久便病逝，并没有看到自己的作品被政府出资印成精美的大册。这部书也没有像吉宗期待的那样，很快被送到清朝皇帝的跟前。最早接触到这部书的，是浙江沿海地区的学者。起先人们对书中记载的古籍信息将信将疑，也有人怀疑是伪书。但学者们最终认可这部书的价值，认为书中记录的校勘信息正来自中国已亡佚的经典。一时清国学者们纷纷传抄、求购此书。在乾隆年间的四库全书编纂工程中，浙江地区献进此书，成为四库全书收录的唯一一部日本学者撰写的专著。

但山井鼎的事迹却渺然湮没，连他确切的生年都不可考。他的故乡有一座叫善福院的天台宗寺庙，那里有他和妻儿的墓地。我曾去探访过几回，若不去亲见他故乡的山与海，仿佛写论文时也有些心虚似的，尽管我知道并不会发掘出什么新资料。

善福院从前是禅寺，如今留下一座禅宗样式的国宝释迦堂。老住持一家住在释迦堂旁的小院内，他的儿子是现任住持，前几年刚从本地小学退休。日本地方上许多寺庙的住持都需要找其他工作，因为人口减少，信众的香火并不足以维持寺院运营及日常生活。现任住持的儿子在东京工作，据说尚未有继承寺庙的想法，在人迹罕至的海边小城做住持并不容易。

和歌山县境内没有新干线，从京都出发，去善福院单程至少需要三个多小时。先到大阪市内，转乘南海本线到和歌山市，再转乘纪国线至加茂乡，之后是漫长的步行，穿过大片寂静的橘林。山井鼎在徂徕门下时，母亲曾从故乡寄去橘子，感谢徂徕的教养。徂徕有诗记录，"乃以陆郎怀里物，殷勤千里馈吾来"。加茂乡只有半小时一班的慢车才停靠，有一回访墓结束，住持说电车班次太少，坚持送我去稍远处快车也停靠的海南站。途中路过名叫盐津渔港的小港口，澄明的大海就在眼前，沿岸是丰茂的灌木丛与芦苇。住持停下车，让我去小山坡上看个够。

这片海叫和歌浦湾，自古便是人们歌咏的风光明媚的胜地。《续日本纪》说，神龟元年（724）冬十月，天皇来到纪伊国，有诏语曰："登山望海，此间最好。不劳远行，足以游览。"随行的大臣山部赤人有歌咏之："潮来满若浦，露角无岩硇。遥指芦苇边，鸣鹤空中渡。"（钱稻孙译）

"若浦"就是"和歌浦"，皆读作 wakanoura。山井鼎离开或回到故乡，都会看到这片碧蓝的海波。我对和歌山的感情即来自于此，因几百年前的人物和他的作品。不过如今和歌山县人口连年减少，出生率持续走低，财政状况十分严峻。我几次去善福院，对途中萧条的街区与村落有深刻的印象。正午时分想在街上找一家餐馆，走了两三公里才终于遇到一家开着门，便利店也非常少见。据说这里的年轻人大多去大阪、神户工作，留在故乡只能种地。

　　和歌山还有人们熟知的温泉胜地白浜，我的大学在那里开设了水族馆和学生临时宿舍，每到夏天总有不少人申请那边的房间去度假。从前一放暑假，多半早早回了北京，因此还没有去过这海滨胜地。从京都到串本有一趟叫"黑潮"的特快列车，途经大阪、和歌山、白浜等地，我决定从串本回来途中在白浜小住一晚，充分利用这趟出行的机会。不过新型疫病流行以后，游客剧减，黑潮线的始发站改为大阪，班次也减少了很多。我迅速订好车票与酒店，几天后就踏上了旅途。

2

　　黑潮线车身绘有大幅憨态可掬的熊猫，这是白浜的明星——白浜野生动物园拥有的大熊猫头数是海外各动物园之最，那里与成都大熊猫繁育研究基地合作繁育的历史始于 1994 年。而熊猫最早来到和歌山，是在 1988 年 9 月。那年 3 月，为纪念连接本岛与四国的濑户大桥开通，冈山的池田动物园与中国西安动物园联合举办"中国珍兽展"，请来了大熊猫、小熊猫与金丝猴，轰动一时，那年也是中日和平友好条约缔结十周年。这两头熊猫叫辰辰和庆庆，在冈山展出三个月后，被送往北海道参加博览会，最后来到和歌山。它们无论在哪里都极受欢迎。

当时，中国野生大熊猫种群繁衍出现危机，全国上下号召"保护大熊猫"。和歌山野生动物园在繁育珍稀野生动物方面积累了不少成功经验，他们向中国提出共同繁育大熊猫的申请，最终获得许可，迎来了年轻的熊猫永明与蓉浜。不过蓉浜几年后病死，2000 年，园内又迎来了熊猫梅梅。白浜政府与市民在机场组织了热烈的欢迎仪式，挥舞着中日两国国旗，横幅上写着大字，"欢迎永明的新娘梅梅"。在中国已有身孕的梅梅两个月后生下良浜，此后至今，园内顺利繁育了 17 头熊猫，其中 11 头已返还我国。它们的父亲都是永明，母亲是梅梅与良浜，和歌山县政府给这三头熊猫颁发过功勋爵位，表彰它们生育的贡献。

白浜高度依赖旅游业，2019 年的游客有 345 万之多，而白浜市区人口仅仅两万。2020 年，游客数减少了三分之一，旅游业受到重创。黑潮线座椅后的网袋里放着和歌山旅行说明小册，配有中、英、韩三语译文，可以想见这趟线路曾经的热闹。而我搭乘之际，车厢内只有寥寥数人。8 月初的阴雨天气，天气预报说台风云团正在某处海面上空聚集。沿途偶尔会看到窗外颜色温柔的太平洋，更多时候是无尽的山地，穿过许多隧道。

日本四面环海，北侧是日本海，南面是太平洋，气候风光迥异。每一块通往海岸的陆地尽头，都会形成海角，日文中叫作"岬"或"崎"。海角给人无限遐想，意味着陆地上的人们最远可以抵达的边界，也意味着通往外界的起点、与外部世界的邂逅之地。古代中央政权将罪人流放至远离京都的沿海诸地，又或更遥远的海中孤岛。也有偏航的船只漂流至海岸，有时人已不在，只留下舢板残迹；有时载来言语不通的外国人，多半来自朝鲜半岛或中国大陆，人们通过笔谈交流，获取锁国时代难得的外界信息。奈良

○　和歌山的熊猫列车

○　白浜街头，随处可以见到熊猫

时代的学者吉备真备曾两度担任遣唐使，第二次回国时偏移航线，漂流至屋久岛，又漂流至纪伊国的牟漏崎，也就是和歌山的太地町。这里距传说中徐福登岸的地方大约二十多公里，但更有名的是因为捕鲸的恶名——电影《海豚湾》的拍摄地就在这里。捕鲸是和歌山县充满矛盾的传统，一边是捕鲸带来的经济利益，一边是捕鲸饱受的争议与谴责。当地政府表示，这里交通不便，农田稀缺，淡水资源匮乏，祖先们为了生存，才开始捕鲸，因此这是值得尊重的传统。不过据一项最近的街头采访显示，日本年轻人对捕鲸的态度较之上一代稍有改变，一般不坚持认为这是一项必须延续的传统。

列车行走的路线与窗外风景是生动的地理教材。海南市的下一站是有田——这里从江户时代起就是柑橘的著名产地，今天在日本的任何一处超市都会看到"有田蜜柑"的商标。车从山谷中驶入一边临着海岸的地段，车轮与铁轨咬合的声音突然变得空旷。有时海滩上腾起一群水鸟，浩浩荡荡在远处的空中，仿佛与车同行。

天气转晴，担心的台风暂时没有到来。车窗外有时忽然掠过寂静的站台，写着全然陌生的地名，印象深刻的是"芳养"，奇妙的汉字组合。上网搜索，不出意外又是以音选字。日本传入汉字之后，不仅接受了汉字词汇本来的意义，也将汉字当作表音符号使用，对应本土古来的读音。"芳养"之地自古读作 haya，因而曾经写作表意的"早"，又或表音的"羽屋羽野"，最终确定为"芳养"。这种以音选字的做法在日本叫作"当字"，比如近代日本曾将咖啡音译作"可否、可非"，后来定为"珈琲"，但今日多数直接写作片假名。曾在一家小店看到菜单上写着"芽新"，也是店主小小的文字游戏。日文"菜单"直接音译自 menu，以片假名表示。这家店主以 me 对应"芽"，又将 nu 转化成读音相同的 new，意译作"新"。近来在居酒屋遇到一幅大德寺真珠庵住持的书法，"胡漏难退散"。"胡漏难"，竟是"新冠"外来语音译对应的汉字，在喜用片假名音译的当代，真是别致的汉字趣味。

车一路南行，海上云层缓缓移动，筛下丝缕阳光的金线。植被渐变，野地里逐渐出现成片的原生种百合，花筒较长，花瓣略呈淡粉色。铁道旁的树丛里闪现醒目的扶桑花，花叶上还滚动着雨滴。山谷中偶尔有大片池沼，碧叶间缀满雨久花，宝石般晶莹的蓝紫色飞快过去了。我从未看过那样大的一片雨久花，后悔没有及时掏出相机。待我把相机在窗边搁好，却再没有遇到这样的风景。

3

接近中午的时候，列车抵达串本，车厢内只剩下我一人，站台上也没有等待的乘客。车站很小，人工检票口的工作人员穿着印有扶桑花纹样的夏威夷衬衫，想来是招徕游客的工作服。疫病流行以来，日本各地的应对方策很不相同，据说地方城市的居民对大城市的外来者非常警惕，担心他们带来病毒。起初我略觉忐忑，很快就知道这是多余的。

"本州最南端的车站"，站内站外立着醒目的宣传语。酒店离车站很近，正午的街道空无一人，空气闷湿，阳光很强烈。早上出门时京都下着大雨，因而忘带防晒霜。视野里恰到好处地出现了一家阔大的药妆店，进去后发现居然可以使用微信支付。2015

○ 串本盛开的扶桑花，一派海岛风情

年之后，来和歌山旅行的中国游客连年增多，2019 年更是比前一年多出三成，接近 15 万人次，远远多于其他国家的游客。

酒店比我想象中大得多，矗立于海边，入口处有一条蓝鳍金枪鱼雕像。我兼课的一所大学在串本的水产研究所成功实现了世界最初的蓝鳍金枪鱼养殖，金枪鱼成为这所大学的骄傲，校内超市可以买到各种金枪鱼主题的商品。酒店工作人员也穿着夏威夷花衬衫，满面笑容地迎上来。还没有到入住的时间，我把行李先存放在柜台。

酒店面朝大海的落地窗外开满扶桑与百合，柔蓝海波中浮起的离岛是纪伊大岛，这是吉野熊野国立公园的一部分，金枪鱼养殖研究所就在岛上。我没有制订具体的旅行计划，串本没有旧书店，只有三两家新书店。忘记工作，什么都不要想，在自然中休憩身心——我告诫自己。

我搭乘酒店的摆渡车回到车站，那一带餐馆较多。按照地图指示，找了好几家评分很高的餐馆，无一例外都因为特殊时期关了门。想起 2021 年 3 月中旬去日本海沿岸的天桥立，昔日繁盛的景区很冷清，正午时也难找到一家开门的餐厅。

大约走了一公里，终于看到一家餐馆门口挂着"营业中"的招牌。菜单上都是鱼类套餐，请店主奶奶推荐。她肯定地说，最近鲣鱼很肥美，就吃鲣鱼茶泡饭套餐好了。很快上来一大碟肥厚的鲣鱼片，一半直接蘸酱油和鲜芥末；剩下的码在米饭上，底下铺一层海苔，浇热茶水拌着吃。后来才知道这是本地名店，从前门口总排着长队。墙上挂着的小电视正播报新闻，每日最新感染人数与当日奥运会的赛事安排。我打开刚从车站旅游中心取来的观光地图导览，餐馆一公里外有一座无量寺，位于串本站西南方向。这是临济宗东福寺派寺院，隶属东福寺，与京都渊源很深。我觉得亲切，想去看看过去都城的僧人在纪州最南端留下的痕迹。

我照着手机地图提示的路线穿过民居之间窄窄的小道，空气里弥漫着海水的咸味，随处可见文殊兰、扶桑与百合，只是没有人。道路尽头出现一片墓地，绕过墓地，一座小小的寺庙就在眼前。

寺门外种着几缸红白莲花，山门左侧挂着"纪州串本无量寺"的木牌，寺内有高大的棕榈与铁树，一派南国风光。无量寺山号锦江山，据说由虎关师炼禅师开创。宝永四年（1707）秋，和歌山县南部海域发生巨大地震，史称"宝永地震"，被认为是有记录以来日本最大级别的地震，近畿地区受灾非常严重，无量寺也在这场地震中荡然无存。明和六年（1769），东福寺派出文保愚海[1]到串本重建无量寺，并担任新住持。据寺内保存的愚海禅师亲笔记载可知，本堂落成距地震发生已相隔近八十年。

据说愚海在京都时，与当时名满京城的四条派画家圆山应举[2]关系亲厚。应举曾向愚海许诺，他日重建寺院，自己一定不惜笔墨，挥毫赠画。天明五年（1785），愚海与信众合力建成本堂之后，果来向应举求取张贴于本堂纸门的绘画（襖绘）。应举亦信守诺言，在天明六年（1786）初冬完成12幅障壁画《波上群仙图》，派弟子长泽芦雪与暂时归京的愚海禅师同行，代表自己将这些绘画送往串本。

---

[1] 文保愚海，生平不详，临济宗禅僧，白隐禅师弟子，隶属京都东福寺。

[2] 圆山应举（1733—1794），江户中后期绘师，农家出身。少年时代来到京都学画，后开创"圆山四条派"，对近代京都画坛影响很深。

○ 无量寺正门

长泽芦雪是丹波国篠山人，年轻时来到京都，后来成为应举的弟子。他的生平事迹多不可考，但这年冬天，32 岁的芦雪的确踏上了一路向南的长旅，抵达无量寺后的整个冬天到转年春天，都在寺内创作，留下了 42 幅障壁画为证。

与今日芦雪被抬高至"江户奇想绘师"的地位不同，他在江户时代虽也有名，却被评为"览古未博，不能拔俗"，"乏气韵"。因为在当时的评价体系里，南画与文人画才是正统。就算是民族主义勃兴的明治、大正年间，芦雪依然没有得到足够关注，只作为圆山应举的弟子在四条派的谱系里被提及。直到 20 世纪 30 年代中期，京都博物馆才举办了一场搜罗丰富的芦雪专题展。真正对他展开研究与重新评价，还是 20 世纪 60 年代的事。

1961 年，无量寺新任住持与几位近畿地区的学者决定营建"应举芦雪馆"，当年夏天在寺院内建成一座小小的纪念馆。新住持来自东京，原本是画家，或许是他的人脉影响，无量寺的藏品很快吸引了东京美术史学界的注意。当时辻惟雄等青年学者对伊藤若冲、曾我萧白等昔日未入正册的"中流"画家寄予了绝大的兴趣，提出"江户奇想派"的概念，反思既往狩野派等正统流派代表的贵族审美，尝试挖掘所谓的市民趣味、庶民喜好。这正与战后日本人文科学领域盛行的平民主义思潮同调。

很快，东京著名的美术杂志《国华》决定做一期芦雪特辑，请关西珂罗版老店便利堂到无量寺拍摄高清图像，并邀东京艺术大学奈良研究室的山川武同行调查。1963 年 11 月刊出的《国华》特辑上，山川武写下有关芦雪生平、创作的考证长文，为之后的芦雪热潮提供了基础资料。从此，芦雪也被归为"奇想派"的一员，评论家们说他虽然出身武家，却属于最下层阶级，天然亲近庶民，

○　无量寺正殿，堂内原本安置着芦雪的画儿，如今是复制品

○ 芦雪可能眺望过的太平洋

○ 应举芦雪馆

博得早已厌倦停滞和陈腐风气的新型市民阶层的喜好。"南纪的芦雪",人们这样称呼,惊叹他在偏僻之地留下的大量作品,它们在海隅寺庙熬过了战火与天灾。

4

进得山门,前方就是应举芦雪馆,售票处的工作人员说,可以先看常设展,再看本堂的复制品,最后去收藏库看原件——啖蔗式观展法。本馆斜对面的白色建筑就是收藏库,又名禅心堂,1990年代新建,陈列寺内所藏应举、芦雪的襖绘原件。

常设展有一批本地出土的文物,大多是土器与木器,还有一些贝壳、碎瓷片与疑似船体的碎木片,没有任何农耕时代的痕迹。解说词引用《魏志·倭人传》中的"无良田,食海物自活,乘船南北市糴",与出土物对照印证此地先民的生活方式。

展厅内还有一些室町至江户时代禅僧留下的书法与绘画,工作人员见我已看了个来回,问我要不要去本堂。便跟随她出门,本堂在不远处,是一座歇山式建筑,面广三间,檐下挂着"锦江山"的匾额,廊柱与墙面已十分老旧。工作人员打开门锁,堂内光线幽暗,过道里放着盂兰盆节用的白纸灯笼,还有施饿鬼用的纸幡。

7月半快到了。日本大部分传统节日都改换新历,比如端午是公历5月5日,七夕是公历7月7日,名目与原本的节令已然错位。唯独盂兰盆节大多配合旧历改到了新历8月中旬,因为纪念祖先、告别亡者的仪式更牢固地留在人们的生活里。客居多年,这时节最能清楚地意识到自己的旅人身份。扫墓的人渐渐多了,秋虫与蝉鸣交织,超市里摆出祭祀先祖的蔬果,寺院里点着供养亡灵的白地纸灯，夏天不可挽留地远去。

工作人员打开角落里的旧电风扇，拉开内间纸门，正面是一座覆着幡盖与经幢的佛坛，左右两边的纸门上分别是巨大的龙虎图复制品。原件早已被评为重要文化遗产，存放于条件更好的收藏库。为了让观者理解图画本来的位置与布局，在本堂内依原样安置了复制品。那虎图非常有名，此前在图录里应该不止一次见过，但无论说明文字何等详细准确，都很难与亲临其境的感受相比。若离开创作背景与所处环境，作品便只剩下技巧。远道而来的绘师带着师傅的嘱托，背负住持与信众的期待，究竟以怎样的信念与想象力，成功驱使了笔墨，唤来这禅堂的守护者？可惜复制品不算精细，已有些褪色，这一点遗憾留待在收藏库弥补。又或者这种不完满恰好平衡了绘画的神秘力量，可以使人尽情接近芦雪的笔墨，而不必战战兢兢收敛视线。

老虎占据了六面纸门的当中三面，它前爪并拢，身体微屈，后足牢牢踞地，虎须根根竖起，长尾绕圈，呈蓄势待发之态。角落竹枝低垂，被它卷起的疾风压低。日本自古没有老虎，但中国大陆与朝鲜半岛传入大量与虎有关的传说、绘画，偶尔也有实物——关在笼内供观赏的珍兽，贵族们喜爱的虎皮。对于画家而言，虎与龙一样，都需借想象完成。因而不难看出威风凛凛的虎图身上某些熟悉的影子，像一只伏击中的大猫。而芦雪确实留下不少猫图，无量寺就有一幅纸本淡彩四面《蔷薇图》，画中三只猫，一只黑白花卧在水畔石上抬头看栖在蔷薇花枝的雀，旁边一只狸猫团着休憩，还有一只小猫在水边凝神看鱼，跃跃欲试抬起一爪。这是他在串本亲见的恬然春景吗？

1981年冬，伦敦皇家艺术研究院举办了"大江户展"，举办

○ 即将寄出的老虎明信片

方指名要展出无量寺这幅虎图，而日方有人犹豫这幅作品不足以代表江户时代的最高艺术水准。无量寺方面则积极回应，最终芦雪的虎图渡海出展，被安排在应举的作品对面。事实证明举办方的判断很正确，这幅虎图大受英国人欢迎，毫无东洋美术史基础的观众被这只庞然大猫吸引，全然冷落了对面更典雅蕴藉的应举。从此，"南纪的芦雪"升格为"日本的芦雪"，成为美术馆与收藏家的宠儿。

工作人员终于领我去最后一站的收藏馆，推开沉重的大门，走过一段过道，迎面赫然就是虎图的原件。顶灯的柔光之下，墨迹仿佛刚刚晾干，画家还没有走远。芦雪的画确实没有深邃的意境，也不是精确细致的写生。若与应举作品同观，这种差别更是一目了然。应举画中的山石、波涛、松影、群鹤，无不有中国画深刻的影响，称得上格调典雅，笔致不俗。而芦雪不太受这些格套约束，比如《蔷薇图》的花枝自由蔓生，近于恣肆，不知是本来就开得这样好，还是因为在远离京城、朝夕看海的芦雪眼中，万物显得格外欣悦？那几只看花看鱼的猫也不受画题约束，或许它们曾经真的住在无量寺，不仅供芦雪写生，也为他提供了虎图的灵感？

收藏库不大，将要逛完的时候，工作人员关心我接下来是否还有安排，因为观光小巴班次很少，千万不要错过。我说想去纪伊大岛看海，她看看时间，认为我应该出发了。库门将要闭拢时，又忍不住回头看了一眼纸上跃然欲出的老虎。

5

观光小巴起点仍在串本站，乘客只有我一人。年老的司机与我聊天，问我从何处来，是不是还在上学，有没有结婚，有没有孩子云云。他非常热情地介绍一路的风景，说从前这时节游客很多，小巴人满为患，出租车也多。眼下大家都赋闲，旅馆餐馆无不惨淡。车穿过跨海桥梁，驶入离岛，窗外是无论哪一帧都可以印在明信片上的风景。岛上遍布密林，风吹过时，叶片背面闪烁的银光与海波同色，偶有一些粉红与玫红，是夹竹桃和九重葛。司机将我放在离岛的第一个景点，这里可以远眺海中奇石。他反复叮嘱我下趟车出发的时间与等待的地点，说是另一位司机运行的小巴，已向他打过招呼，如果我迟到了也会一直等我上车。

后来才意识到和歌山海岸线不少景点都是自杀圣地，当地人看到独行的游客会格外紧张，酒店也会特别关注，担心是临别前最后的享受。观景台四下无人，我在树林尽头的小亭内眺望涌上断崖巨石的周而复始的海涛，不久感到近于恐怖的寂静，早早回到车站等待。果有一辆中年人驾驶的同型号小巴过来，载我去下一处景点，一座矗立于海角的石造灯塔。1890 年，土耳其一艘军舰曾在这一带海域触礁沉没，又遇到台风，有 587 名船员死亡或失踪。离岛的村民积极组织救援，打捞沉船。今天这里建成了一座纪念馆，串本也因此成为土耳其的友好都市，据说这里有很美味的土耳其餐馆，饭毕主人会帮客人用土耳其咖啡占卜。

天热极了，想找一处咖啡馆歇脚，但到处都关着门。最后在灯塔下方发现一家小店还挂着"营业"的门牌。店主是一位中年女人，正收拾东西准备出门，说着急去镇上打第二针疫苗。但她想了想又放下包，说可以给我做一碗刨冰，别的没有了。我很感激，在柜台边坐下，看她打开制冰机，用大纸碗接碎冰屑。她与我闲聊，说如今岛上大约住了两千人，年轻人多数去了大阪或名古屋工作，她的孩子也在外地，现在她有两只猫。

起先我不舍得吃太快，浇在冰上的蜂蜜与抹茶糖浆味道很好。但冰迅速融化，甜味也消散，只剩下无味的水。晴空下浓蓝的海面上浮起一座洁白的灯塔，盘旋在风里的鹰看起来十分悠闲，还有大群吵闹的海鸥。

依然没有人，灯塔附近有一家不在营业的土耳其风情店铺，透过玻璃门可以看到五彩的挂毯与瓷器，还有土耳其冰淇淋制作台。有一瞬感觉自己已出来了很久，置身于意义不明的陌生空间，尽管离开京都就在这天早上。

好在土耳其纪念馆开着门，冷气非常充足。柜台内有好几位工作人员，不愁生计似的。纪念馆陈列着当日海难打捞上来的各种遗物，还有一些政府文书，解说词很细致。有一处窗口，正对着海难发生地。玻璃上标注着触礁处，看起来是很小的一块礁石，离海岸似乎也不远。纪念馆外的天台上安置了长椅，起起落落的海浪仿佛跳动的火焰，令我着迷，又令我陷入异样的困倦。不知不觉卧在长椅上，视野里的海不见了，只剩下天空与耳边海浪的咏叹。待被海鸟叫声惊醒，以为过去了很长时间，其实只过去十五分钟。

观光小巴准时出现在纪念馆附近，这趟司机仍是先前的老人。他听说我打算回酒店休息，建议我去酒店不远处另一处叫桥杭岩的景点，那里是看日出的胜地，黄昏风景也不错。我对于旅行地的景点并没有一定要去的执着，但还是接受了他的提议。路上他询问我明天的安排，帮我规划行程，如何没有遗憾地把串本所有

○ 桥杭岩的黄昏

值得去的地方都看一遍。

"桥杭"即桥墩，在串本伸往海中的尖端的东侧，耸立着一片姿态古怪的石群，仿佛桥墩。据说古时弘法大师与恶鬼打赌，比谁能先在天亮前完成横跨串本与大岛的桥梁。弘法大师以法力迅速完成桥墩，恶鬼眼看要输掉，便学鸡鸣。弘法大师以为黎明将至，遂飘然而去，只留下这桥墩。当然按地质学的解释，应该是地下涌出的岩浆侵入泥岩层，日后较为柔软的泥岩很快消失殆尽，留下岩浆凝固的坚硬的流纹岩，又经风吹海蚀，形成这样的景观。我被小巴放在景点，落日已沉没于西侧的建筑群，东边的怪石与海滩有些冷清，泊在海边的渔船在颜色转深的海水中轻轻荡漾。终于看到阖家出行的游客，正从沙滩撤离，拿着救生圈或冲浪板，驱车离去。海边的小酒馆都不开门，黄昏萧条的海岸似乎不适合独自闲逛，身后的巨石仿佛即将复活，我按捺着突然涌起的不安，飞快奔回了酒店。

次日上午离开串本，搭黑潮线原路返回。昔日芦雪离开无量寺，在归途中的几处寺院也留下了作品。也许那年春天，南纪的人们都听说京城来了一位厉害的画师，纷纷向他求画。车内乘客寥寥，报站仍用日、英、中、韩四语，此前国际旅行热潮的寂寞余音。列车沿海岸线缓缓西行，仿佛在测量陆地的边界。极晴的天，软云群岛一般浮在海上，波浪闪着无数耀眼的银斑。风摆弄草丛，压弯柔韧的草叶。长叶背面银光跳动，有时突然静止片刻，是风稍歇了一瞬。沿途零星有村落，却几乎见不到人。穿过隧道与密林，来时那片雨久花池塘梦一样消失了，我没有再看到。岩石之间偶尔露出一小片碧蓝的海，无尽的太平洋。黑潮带来的鱼群对岸上的先民而言该是多大的刺激，因而并不畏惧遥远的航行。19 世纪至 20 世纪中期，串本有不少渔民冒着巨大的风险，去澳大利亚北部的阿拉弗拉海采大珠母贝。这是他们的地理观，为了谋生，迢迢穿越赤道，直抵南半球的海域。

我按计划在白浜下车，这里游人众多，公交车异常拥挤。照着观光地图去了附近的南方熊楠[1]纪念馆，却因体力不支而无法细细游赏，只是在馆内呆呆看海。纪念馆在植物蓊郁的小山顶，开满艳山姜美丽的花串，令我想到冲绳。天台上有一些指示牌，"此处距纽约某某公里"，"此处距加利福尼亚某某公里"，都是南方熊楠曾经去过的海外城市，以此说明他一生见闻游历之广。我喜欢这种观察世界的方式，顺着指示牌望去，与遥远国度的距离仿佛无限缩小，自然生出探索世界的热望与勇气。

南方熊楠总令我想到高知出身的植物学家牧野富太郎，二人几乎是同时代人，都成长于黑潮流经的海岸，都痴迷植物学研究，都不在所谓正统学术机构之内，彼此也有交游。这不得不让人思考，相似的风土是否真的会孕育相似的人格。

6

白浜的自然与历史人文比串本更丰富，然而我有限的精力已留在串本。这种过于短暂的旅行是现代人的悲哀，时间被工作绑架，旅行沦为潦草的路过。去安排好的景点，拍差不多的照片，买与别处大同小异的纪念品，再匆忙回归工作。坐特快列车的我，与昔日芦雪步行兼乘船所感受到的一切必然天差地别。那独一无二

[1]　南方熊楠（1867—1941），和歌山人，日本著名博物学家、民俗学家、生物学家。曾游学欧美，回日本后从事在野研究。一生收集大量菌类标本和图谱，撰有大量论文和随笔。

的虎图，当时只有亲去无量寺才能见到。他的师傅不清楚，京城的评论家们也不知道。与其说是他留在无量寺的作品，不如说是无量寺与南纪风土给他的礼物，他也把自己的一部分灵魂寄存在纸墨里，那是他与这座寺庙、这片土地订立的契约。

我早早回到酒店，巨大的房间面朝西边的大海，正好可以看落日。海水中有许多嬉戏的游客，有人在海中拥吻，电影般的画面。天色逐渐变成璀璨的金紫色，海中巨兽奋力吞下了滚烫的太阳。飞溅的火焰烧红了天与海，终于缓缓熄灭，巨兽潜回海底。海滩上偶尔升起几朵烟花，旅行已近尾声。电视里仍在播报每日新冠肺炎感染人数与奥运实况，网上争吵的话题飞快更迭，蓬勃而突然的爱与恨，像盛夏突如其来的暴雨与迅速切换的烈日。我已没有体力去看熊猫，次日上午就收拾离开，中午回到京都，甚至下午还去了研究室。没有人知道我刚从一场旅行中归来，立秋快到了。

很快，我生活的城市因为感染人数飙升而迎来了新一轮松弛的封锁——这里叫作"紧急事态宣言"。有时会突然想起南纪的海浪，想起特快列车窗外油翠的绿与温柔的蓝，还有那片惊鸿一瞥的雨久花池沼。它必然会在我记忆中停留很久，不可避免地被我的想象润色，成为我在这段仓促旅途中留下的隐秘地标。

新学期开始后，繁重的工作将时间切割得七零八落，远行带来的兴奋早已沉积到身体最下层。9月末的一日，远在北美的友人发来链接，说是便利堂即将发行的贺年片，有不少可爱的虎图。"可以买一些留着新年用！"

有一幅如此眼熟，我从前必然见过。前爪并拢、身体微弓、双目炯炯、尾巴画圈的大老虎——在各种明信片和图录里见过，

○ 白浜海岸的余晖

也在无量寺亲眼见过。这是便利堂为迎接虎年特别拍摄的底片，又或是多年前为《国华》杂志拍摄时留下的珂罗版图像？便利堂库房存储着大量玻璃板片，保存了各种文化遗产的图像资料。1949 年，奈良法隆寺金堂不慎毁于火灾，直接受到敦煌莫高窟壁画影响的金堂壁画化为灰烬。而便利堂此前恰好为金堂拍摄过高清图像，今日的金堂壁画即据此复制。芦雪留在南纪的部分灵魂，也以这样的方式保存在京都。而作为物质的作品比人们想象中脆弱得多，无论怎样郑重地保存，都只可能稍稍降低物质灭失的风险，这种脆弱令人长怀恐惧与眷恋。

我买下一叠无量寺虎图的贺年片，在岁末寄了出去。

"时间过得真快，这一年过得都好吗？卡片上的这幅老虎我很喜欢，过去的暑假曾在和歌山南部的无量寺见过原作，画家叫长泽芦雪。祝你虎年快乐！"

2022 年 4 月 8 日

　　这次的随笔集，和《燕巢与花事》《藤花抄》《松子落》属于同类。收入其中的文章，大多完成于 2019 年之后，有几篇刊于"一览扶桑"等专栏，也有几篇是为其他书作的导读。大致分为两部分，上篇叫"却顾来时路"，写故乡、植物和饮食；下篇叫"惆怅远行人"，"远行"既指离我们远去的昔人，也指自己的旅途，是模糊的双关。

　　最近看了张律导演的《漫长的告白》，本来叫《柳川》，柳川是日本九州地区的一处地名，也是片中女主人公的名字。张律的电影一向很小众，反复讲的都是一类主题：漂泊、游荡、语言、梦境、死亡、身份认同。柳川青年时的恋人叫立春，满口京腔，在北京内城的胡同里长大，那儿步行可以走到后海。多年后他们重逢，立春仍是一口圆润的北京话，柳川半笑半揶揄说："立春哥在哪儿，哪儿就是北京城。"从周在北京住了十来年，在外打车偶尔说几句京腔，似乎也能蒙混过关。我问他："你会说这样标准的北京话吗？"他摇头。我们各有方言，平常交流用普通话，偶尔笑说："若我们的方言一样，会不会更亲近？"重读旧小说，遇到一些过去忽略的词汇或表达，突然意识到方言里也有，似乎听远逝的祖父母讲过，而我已不会说。声音消失了，只有文字的残骸。

柳川荡漾的运河，片中人说像后海。从周也说像，是银锭桥附近，一样的水光潋滟，柳枝垂荡。我却想起故乡，船行过悠悠的水波，岸上是绿野与花树，天色极淡，鸟群忽而飞去，过于遥远的记忆。我17岁离开故乡，去重庆读书，至今刚好过去17年，异乡的岁月占去人生一半。而幼年的记忆朦胧，童稚到少年多在家庭与学校，于外间的世界隔绝；因而异乡带给我种种鲜明的体验，竟比故乡的更多。而也是身处异乡，才又重新发现和认识故乡。无论走到何处，故乡总是原初的参照；其存在之坚固，足可帮我衡量和容纳来自异乡的一切影响。本书上篇写的正是这些。

上次回故乡，是2019年2月3日深夜，次日是除夕，日记说：

　　清晨随父母回旧家，一路浓雾弥漫。中午祭祖，父亲与从周搬桌凳、布置香案。仪式一年比一年简单。四邻清寂，许多旧屋已被拆去。在邻居后园看到草木灰堆上插着鲜柏枝、芝麻秆、菖蒲叶，似是社祭的某种遗存，意味着驱邪祈福。依稀记得很久以前，春节时家里会装饰冬青和柏枝，裁了红色纸条贴在树身上，到处都很热闹，如今自然一概都没有。

　　故乡村镇风光远不如江南秀美，没有湖山，也没有大片树林。只是枯涩的平原，日益废弛的河道，不再看到船只。建筑物不是江南常见的黑瓦白墙，常见各种审美堪忧的彩色装修。黄昏很早到来，冰冷的平原上传来鞭炮声。

  如果知道后面很长时间都不能回去，当时会不会用更温情的笔调？然而对于亲密的存在，我往往故作冷淡，仿佛被人窥破，就不好意思似的。

  下篇讲到张爱玲、张继青、高桥和巳、高桥和子、长泽芦雪等人，他们如何生活，如何徘徊并作出选择，命运又如何被所处的时代影响。在寻觅与对照中，跟随他们一次次踏上旅途，纸上或现实中的。

  从前对于这些随笔习作，总忐忑说是"闲文"。而如今则很坦然，因为书写带来无可替代的自由；而即时的记录不仅是为此刻，更是为了在遥远的未来，作为不可靠的记忆的弥补与见证。此书的诞生，依然要感谢友人杜娟小姐。她是优秀的出版人，从选题到策划，都离不开她细致专业的工作。序言仍请从周撰写，他的参与是延续此前的传统。最后，感谢读者诸君的陪伴，但愿这一段旅程也有好风景。

枕书于鹿之谷

2022 年中秋夜